陰陽師

醍醐卷

陰陽師系列

第十四部

夢枕獏——著

茂呂美耶——譯

新版推薦序

伴隨《陰陽師》系列小說十五年有感

承接《陰陽師》系列小說的編輯來信通知，明年一月初將出版重新包裝的第一部《陰陽師》，並邀我寫一篇序文。

收到電郵那時，我正在進行第十七部《陰陽師螢火卷》的翻譯工作，而且，由於晴明和博雅這兩人拖拖拉拉了將近三十年的曖昧關係（中文繁體版則爲十五年），終於有了一小步進展，令我陷入興奮狀態，於是立即回信答應寫序文。因爲我很想在序文中向某些初期老粉絲報告：「喂喂喂，大家快看過來，我們的傻博雅總算開竅了啦！」

其實，我並非喜歡閱讀ＢＬ（男男愛情）小說或漫畫的腐女，《陰陽師》也並非ＢＬ小說，但是，我記得十多年前，曾經在網站留言版和一些《陰陽師》死忠粉絲，針對晴明和博雅之間的曖昧感情，嬉笑怒罵地聊得鼓樂喧天，好不熱鬧。

說實在的，比起正宗ＢＬ小說，《陰陽師》的耽美度其實並不高。就我個人觀點而言，這部系列小說的主要成分是「借妖鬼話人心」，講述的是善變的人心，無常的人生。可是，某些讀者，例如我，經常在晴明和博雅的對話中，敏感地聞出濃厚的ＢＬ味道，並為了他們那若隱若現，或者說，半遮半掩的愛意表達方式，時而抿嘴偷笑，時而暗暗奸笑。

身為譯者的我，有時會為了該如何將兩人對話中的那股濃濃愛意，翻譯得不露骨，但又不能含糊帶過的問題，折騰得三餐都以飯糰或茶泡飯草草果腹，甚至一句話要改十遍以上。太露骨，沒品；太含蓄，無味。所幸，這種對話不是很多。是的，直至第十六部《陰陽師蒼猴卷》為止，這種對話確實不多。

然而，我萬萬沒想到，到了第十七部《陰陽師螢火卷》，竟然出現了令我情不自禁大喊「喂喂，博雅，你這樣調情，可以嗎？」的對話！不過，請非腐族讀者放心，這種對話依舊不是很多，況且，說不定我們那個憨厚的傻博雅，不明白自己說的那些話其實是一種調情。而能塑造出讓讀者感覺「明明在調情，但調情者或許不明白自己在調情」的情節的小說家夢枕大師，更令人起敬。

話說回來，不論以讀者身分或譯者身分來看，《陰陽師》系列小說最吸引我的場景，均是晴明宅邸庭院。那庭院，看似雜亂無章，卻隨著季節交替輪換而自有一番情韻。倘若我在進行翻譯工作時的季節，恰好與小說中的季節相符，我會翻譯得特別來勁，畢竟晴明庭院中那些常見的花草，以及，夏天吵得不可開交的蟬鳴和秋天唱得不可名狀的夜蟲，我家院子都有。只是，我家院子的規模小了許多，大概僅有晴明宅邸庭院的百分或千分之一吧。

爲了寫這篇序文，我翻出《陰陽師飛天卷》、《陰陽師付喪神卷》、《陰陽師鳳凰卷》等早期的作品，重新閱讀。不僅讀得津津有味，甚至讀得久違多年在床上迎來深秋某日清晨的第一道曙光。

此外，我也很佩服當年的自己，竟然能把小說中那些和歌翻譯得那麼美。不是我在自吹自擂，是眞的。我跟夢枕大師一樣，都忘了早期那些作品的故事內容，重讀舊作時，我眞的在文字中看到當年爲了翻譯和歌，夜夜在書桌前和古籍資料搏鬥的自己的身影。啊，畢竟那時還年輕，身子經得起通宵熬夜的摧殘，大腦也耐得住古文和歌的折磨。如今已經不行了，都盡量在夜晚十點上床，十一點便關燈。因爲我在明年的生日那天，要穿大紅色的「還曆祝著」（紅色帽子、紅色背心），慶祝自己的人生回到起點，得以重新再活一次。

如果情況允許，我希望能夠一直擔任《陰陽師》系列小說的譯者，更希望在我穿上大紅色背心之後的每個春夏秋冬，仍可以自由自在穿梭於晴明宅邸庭院。

茂呂美耶

於二〇一七年十一月某個深秋之夜

平安時代中期的平安京

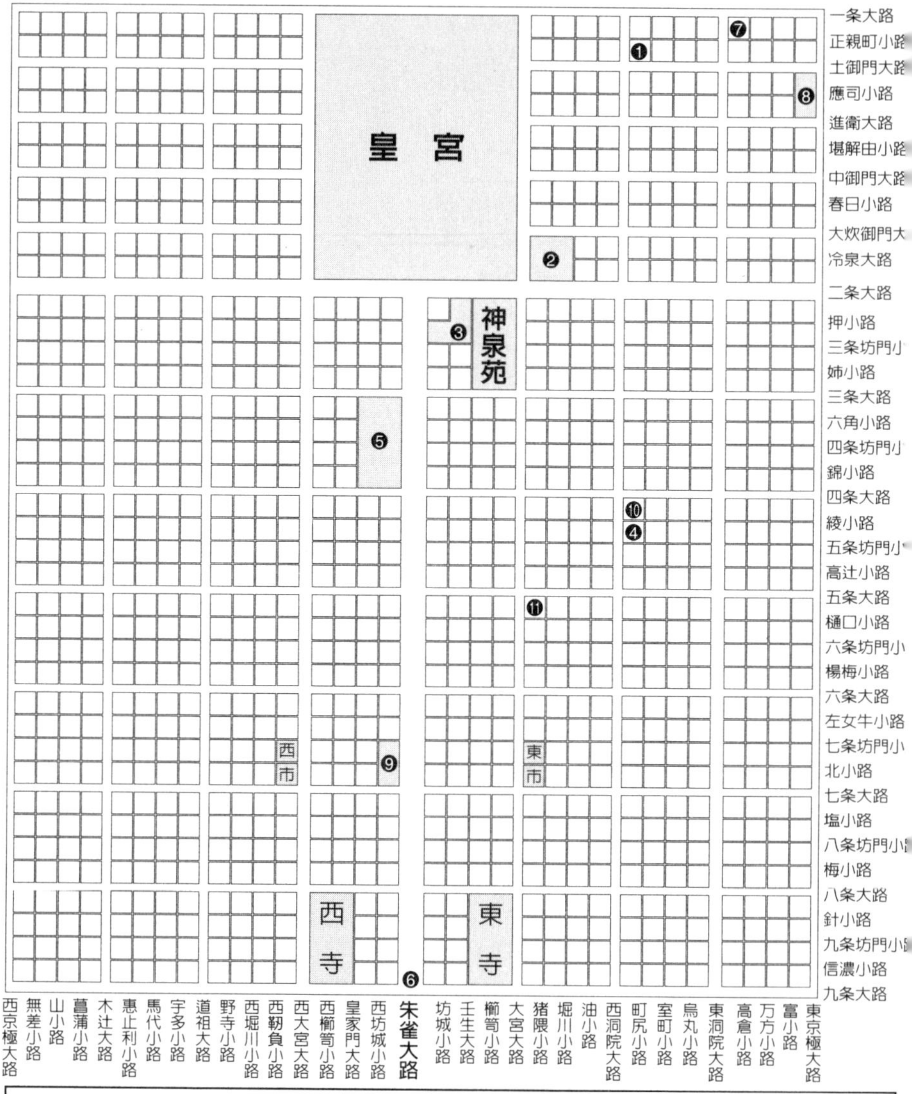

❶ 安倍晴明宅邸　❷ 冷泉院　❸ 大學寮　❹ 菅原道真宅邸　❺ 朱雀院　❻ 羅城門　❼ 藤原道長「一条第」
❽ 藤原道長「土御門殿」　❾ 西鴻臚館　❿ 藤原賴通宅邸　⓫ 藤原彰子邸

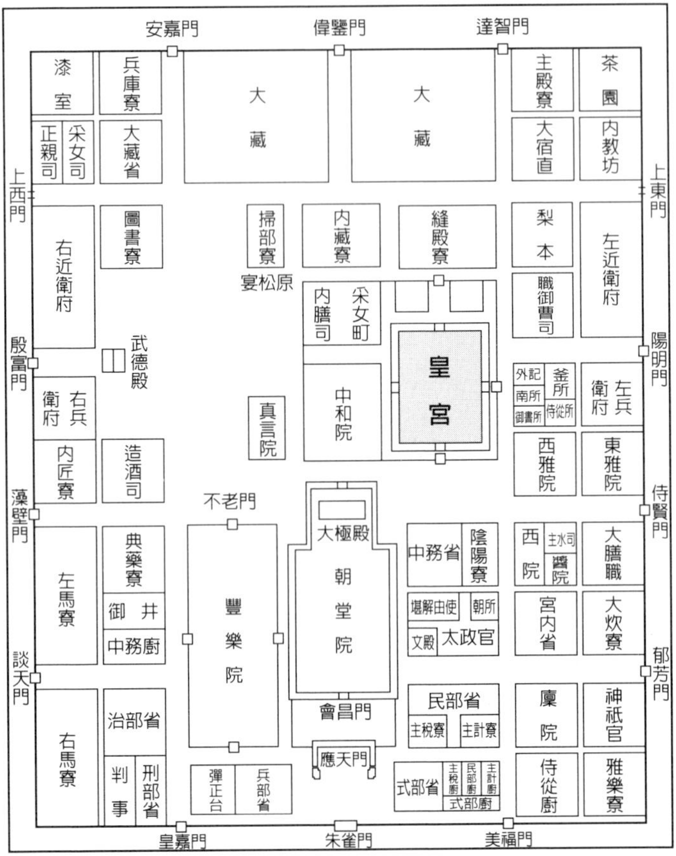
安嘉門
偉鑒門
達智門
漆室
兵庫寮
大藏
大藏
主殿寮
茶園
正親司
采女司
大藏省
大宿直
内教坊
上西門
上東門
右近衛府
圖書寮
掃部寮
内藏寮
縫殿寮
梨本
左近衛府
宴松原
内膳司
采女町
職御曹司
殷富門
武德殿
皇宮
外記
釜所
南所
御書所
侍從所
左兵衛府
陽明門
右兵衛府
中和院
真言院
内匠寮
造酒司
西雅院
東雅院
藻壁門
不老門
待賢門
大極殿
典藥寮
中務省
陰陽寮
西院
主水司
醫院
大膳職
左馬寮
朝堂院
豐樂院
御井
中務廚
堪解由使
朝所
文殿
太政官
宮内省
大炊寮
談天門
郁芳門
民部省
主稅寮
主計寮
廩院
神祇官
右馬寮
治部省
會昌門
應天門
判事
刑部省
彈正台
兵部省
式部省
主稅廚
民部廚
主計廚
式部廚
侍從廚
雅樂寮
皇嘉門
朱雀門
美福門

大内裏

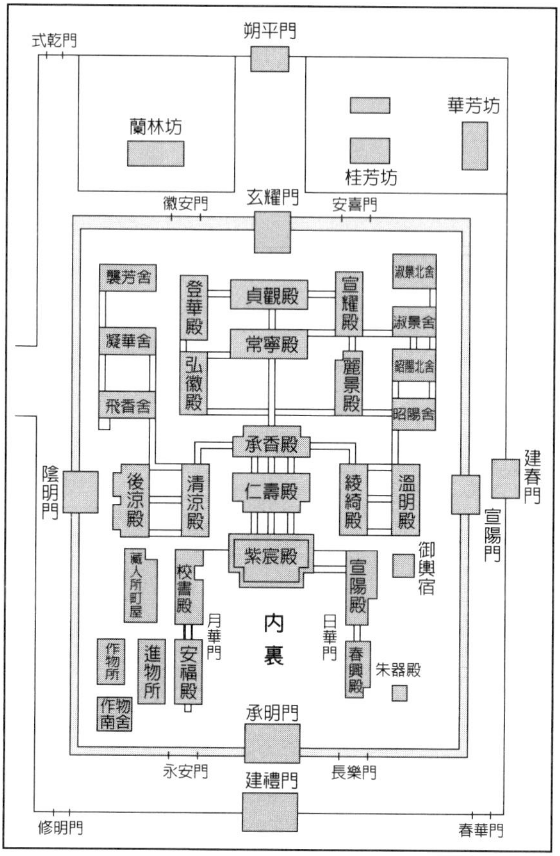
朔平門
式乾門
蘭林坊
華芳坊
桂芳坊
徽安門
玄耀門
安喜門
襲芳舍
凝華舍
飛香舍
登華殿
弘徽殿
貞觀殿
常寧殿
宣耀殿
麗景殿
淑景北舍
淑景舍
昭陽北舍
昭陽舍
承香殿
仁壽殿
紫宸殿
後涼殿
清涼殿
綾綺殿
溫明殿
陰明門
建春門
宣陽門
藏人所町屋
校書殿
宣陽殿
御輿宿
月華門
日華門
內裏
作物所
進物所
安福殿
春興殿
朱器殿
作物南舍
承明門
永安門
長樂門
建禮門
修明門
春華門

內裏（皇宮）

目錄

吹笛童子

一

源博雅在吹笛。

他順著二条大路往西前行——

夜晚——而且是深夜。

博雅沒有帶任何扈從，單獨一人悠哉走著。

他在朱雀門前取出葉二，貼在脣上，已不知過了多久。

空氣中充滿既非雨、又非霧的細微雨滴，四周彷彿發出淡銀色亮光。月亮掛在天空，月光射在比針尖還細微的水滴上，看上去像發出朦朧亮光。

本來看不到月亮在哪裡，但上空有一處發出朦朧亮光，博雅才知曉月亮的位置。

這天傍晚，連續下了約十天的雨終於歇止。

看來梅雨期總算結束了。

霧淡去後，出現極爲清澈的夏天夜空，星子在夜空閃爍。或許，只有地面籠罩著細霧，而夏日星子其實就在細霧上頭閃動著。

博雅宛如追著漸漸西傾的朦朧月亮般，專心一意邊吹笛邊往西前行。
飽含水分的潮濕袖子比之前沉重，但還未到濕淋淋的程度。
每逢博雅的笛聲響起，一粒粒細微水滴都像映著月光之外的亮光，看上去閃閃發光。
走著走著，不知不覺中來到廣隆寺[1]山門前。
博雅在山門前止步，單獨一人吹笛，直至黎明。

二

天已放晴，明月當空。
梅雨在昨晚便結束，吹拂庭院草叢的風，出乎意料地乾燥。三三兩兩的螢火蟲在黑暗中翩翩飛舞。
安倍晴明和博雅坐在窄廊[2]，有一口沒一口地喝著酒。
酒杯若空了，一旁的蜜蟲就伸出白皙手指，舉起瓶子往空酒杯注酒。
「話說回來，昨晚真的很舒服……」博雅說。
「什麼意思？」

1 位於京都市右京區太秦的真言宗寺廟。平安京遷都前就已存在，為京都最古寺廟。內藏國寶「彌勒菩薩半跏像」而知名。
2 原文為簀子（すのこ；sunoko），為平安時代的建築方式，最外面的長廊沒有牆壁，由板條製成，可以讓雨水漏到板條下的地面。

晴明將背靠在柱子上，正舉起酒杯送至口中，聽博雅如此說，酒杯停在脣邊，開口問。

「一直下個不停的雨，到昨天傍晚不是停了嗎？」

「停了。」

「結果，到了夜晚，烏雲散開，月亮現身……」

「嗯。」

「那月亮很像剛出生的粉嫩嬰兒……」

「後來呢？」

「月亮實在太美，我就帶著笛子出門了。」

「是嗎……」

「出門後，卻又升起薄霧，蒙住了月亮，但還不至於難行，所以我就邊吹笛邊隨意走著。」

「隨意走著？莫非，你一直走到廣隆寺山門……」

「是啊，晴明，你怎麼知道這事？」

「我聽到風聲。」

「風聲？什麼風聲？」

「聽說兼家大人挨了女人罵。」

「我沒聽說這件事。怎麼回事？兼家大人挨女人罵，和我吹笛到底有什麼關係？」

「別急，別急，我從頭慢慢說給你聽……」

晴明說畢，一口喝乾杯內的酒，擱下空酒杯。

「事情是這樣的。」

晴明開始述說。

「西京有位女性是兼家大人往訪[3]的對象……」

「嗯。」

「昨晚，兼家大人照舊出門前往女人住處。事前，雙方已交換和歌聯絡過了，兼家大人也在信中通知對方大約會在什麼時刻抵達。之後，兼家大人興致勃勃地出門……」

「然後呢？」

「聽說，他在途中，就在女人住處附近，突然聽到笛聲……」

據說，當時兼家命扈從停車，聆聽了好一陣子笛聲。

兼家全神貫注傾聽，最後聽出笛聲似乎傳自廣隆寺山門附近。

3平安時代的男女交際習俗是「訪妻婚」，男方於夜晚探訪女方，留宿一夜，翌日清晨離去。由於沒有法律約束，男方可以隨時中止「訪妻」行為。一旦男方不再來訪，女方可以再度尋覓適當人選。

哎呀，今晚竟然碰上風雅人士的笛聲——

兼家聽了一陣子笛聲後，再前往女人住處，但抵達時，東方天空已開始泛白。

「結果那女人假裝已入寢，不讓兼家大人進門。」

兼家回到自己住處後，當天中午，女人遣人送來一封信。

信中寫滿了怨言，還責怪兼家大人是不是因患上惡疾才故意失約，眞是位令人頭痛的人——云云。

> 一日不見兮，思之如狂，為伊消得人憔悴；
> 若與伊相見，郎君之病，終可以勿藥而癒。

信中附有如上之和歌。

你因爲見不到想見的人，才患上相思病的吧。除非你實際與對方相見，否則將無藥可救。

和歌大意如此。

對方把兼家失約的理由歸咎於疾病，且斷言是相思病，還聲明除非來見自己，否則別無他法。這封信的內容不但給對方留下後路，還保全了女方自己的面子，甚至有一種說不出的詼諧味道。

兼家覺得很有趣，到處說給別人聽，眨眼間，風聲便傳遍整個宮中。

此外，據傳兼家還如此說：

「不過，昨晚那笛聲確實非常美妙，簡直不屬於這世間所有。說到笛聲，源博雅大人的笛聲也相當美妙，但恐怕仍遠不及昨晚我所聞……」

晴明描述了傳遍宮中的風聲後，再道：

「可是，昨晚的笛聲，博雅啊，原來竟是你吹的……」

紅脣微微浮出笑容。

「兼家大人所說『博雅大人也遠不及』的笛聲，原來是博雅本人吹的，看來連兼家大人也沒聽出是你的笛聲。」

「可是，晴明啊，我沒聽到這風聲。」

「博雅，因爲聽到這風聲的人，都不好意思在你面前說。」

「在我面前？」

「有人吹笛吹得比源博雅好，這種話，怎麼可能在當事人面前說呢？」

「不過，我總覺得有點怪，我應該高興，還是不高興呢？我完全糊塗

了。」

「你就高興吧。難道你要到處向人辯解，其實昨晚那笛聲是你吹的？」

「我怎麼說得出這種話？」

「那就置之不理吧。三天後，風聲自然會平息。」

「有道理。」

博雅點頭，舉起自己的酒杯送至脣邊。

三

然而，風聲並沒有平息。

翌日——

「又聽到了，我又聽到那笛聲了。」

兼家上朝後，竟然如此說。

原來兼家昨晚再度前往女人住處。

結果，他又聽到那笛聲。

兼家停車仔細聆聽，發現笛聲傳自廣隆寺山門方向。他內心其實很想前去觀看，但總不能連續兩晚都讓女人臉上掛不住，因此只聽了一會兒笛聲，立即命牛車再度駛往女人住處。

這回，事情是由連續兩晚都前往晴明宅邸的博雅親口說給晴明聽的。

博雅描述完後，說：

「事情好像變得很怪……」

「什麼地方怪，博雅？」

晴明盤腿坐在窄廊，直起一條腿，和昨晚一樣背倚柱子。

「老實說，晴明……」

博雅站在窄廊，神色不安地說。

「昨晚，我一直待在這裡和你在一起，沒有出門前往廣隆寺，也沒有吹笛。」

「什麼!?」

「我是說，兼家大人昨晚聽到的笛聲，不是我吹的，晴明……」

如此一來，就成了：兼家在前天夜裡聽到的笛聲是博雅吹的，但昨夜聽到的則是另一人吹的。

「如果這是事實，確實很奇怪……」

「嗯。」

「博雅，我們去看看吧。」

「去看看？去哪裡？」

「廣隆寺山門前。所幸天剛黑，在另一人開始吹笛之前，應該趕得及……」

「你是說，那人今晚也會吹笛嗎？」

「所以我們得去確認一下呀，博雅……」

「唔……」

「怎樣？去不去？」

「唔，嗯。」

「走。」

「走。」

事情就這麼決定了。

四

晴明和博雅躲在巨大的古樟樹[4]下。

他們避開月光躲進樹蔭後，兩人的身影便溶入黑暗，完全隱蔽不得見。

廣隆寺山門高高聳立在眼前，山門黑影將星空畫成兩塊。月亮懸在黑影上空，銀光照亮一地。

樟葉在兩人頭上徐徐發出沙沙聲。

「會吹嗎？晴明……」博雅悄聲問。

「我希望會吹。我也想聽聽那笛聲。」

「我更想聽。」

博雅不知是否過於興奮，臉龐比平日稍紅，只因站在樹蔭下，看不清他的臉色。

「可是，到底是誰在這種地方，在這種深夜時刻吹笛呢？」

「前天你不是也在這裡吹笛了嗎？」

「那、那倒是……」

兩人低聲交談時，晴明突然「噓」一聲，伸出細長白皙的手指貼在博雅脣上。

晴明把博雅摟向自己，嘴脣靠近博雅耳邊，低聲細語：

4日文為「楠」（くす：kusu），學名*Cinnamomum camphora*，樟科（Lauraceae）常綠大喬木，全株有特殊香氣，有除蟲效果，故日人相信也可辟邪。

「有人……」

博雅全身僵硬，默不作聲，幾乎在同時，笛聲滑溜地傳來。

對方開始吹笛了。

那笛聲毫無前兆地響起，宛如映滿四周的月光突然震動起來那般。

笛聲響起的瞬間，本來在晴明環抱中全身僵硬的博雅，逐漸放鬆。

「太厲害了，晴明……」博雅壓低聲音說。

雖然聲音很低，卻明顯可以聽出讚歎之情。

笛聲在夜晚空氣中和月光卿卿我我般地閃閃發光，如細線般延展，一忽兒搖晃，一忽兒膨脹。

博雅的身體已經因笛音而溶化了。

「啊，怎麼會這樣？怎麼會這樣？晴明啊，原來這世上竟有這樣的笛聲……」

博雅壓低的聲音中充滿喜悅。

「原來人也吹得出這種笛聲……」

笛聲如五彩蛇，往上空飛升。

再滲進大地。

以山門爲中心，某種東西片刻不停地自天地間聚集而來。看樣子是棲息在天地間的精靈，彷彿受笛聲吸引，陸續前來。

這些精靈不發出任何聲響，似乎只安靜地側耳聆聽笛聲。

「這笛聲太美妙了，博雅……」

難得出言誇獎的晴明如此說。

之後，晴明和博雅均默不作聲。

兩人只是入迷地聽著笛聲。

此時——

山門附近有幾條人影在晃動。

「博雅啊……」

晴明正打算提醒博雅時……

「在這兒！在這兒！」

「哦，在這兒！」

幢幢人影中傳出喚聲。

人影進入山門。

看來除了晴明和博雅，也有其他人躲在別處聆聽笛聲。

「請問閣下貴姓大名？」

這聲音很熟——是藤原兼家的聲音。

「閣下爲何每晚都在此吹笛呢……」

然而，笛聲並未停止。

不久，傳來驚呼。

「哎呀!?」

「是個童子。」

「那不是個年僅九、十歲的孩子嗎？」

「這到底是怎麼回事？」

即便如此，笛聲仍不歇止。

幾條人影又聚集過來。

「哦，在這兒！」

「在這兒！」

新來的人影穿過山門。

「博雅，如果你不想被人發現，我們不如暫且先回去吧？至於這兒到底發生了什麼事，兼家大人事後應該會主動說出……」

晴明向博雅說。

「唔，嗯。」

「或者，我們也出去，混在那群人之中？」

「不、不用。」

「那麼，我們先南下。先到四条或五条，之後再回去。」

晴明如此催促博雅時，笛聲終於停止。

博雅也趁機低語。

「就這麼辦吧。」

「走吧。」

晴明走向自山門那方看不見的南方——從山門那方看過來，剛好被樟樹遮住，形成死角。

「我、我也要走。」

博雅慌忙追上。

五

自那天起，已過了三天。

宮廷內到處都在議論兼家帶回來的那名童子。

事情是這樣的。

那天晚上，兼家為了想探知吹笛人到底是誰，帶著扈從躲在暗處，一直等待吹笛人的笛聲響起。

等著等著，笛聲果然響起。

兼家聽了一陣子笛聲，決定去見見笛聲主人，於是離開暗處走至山門。

眾人來到山門正下方——發現吹笛人正站在中央柱子一旁。

而且身材矮小。

仔細一看，對方不是成人，而是個年僅九、十歲的童子。

而且，童子身上只穿著一件粗衣，光著腳。那童子將笛子貼在唇上，閉著雙眼，以無比柔和的表情吹著笛。

眾人向他搭話，但童子不應聲。

只是繼續吹笛。

搭了幾次話，最後將手擱在童子肩膀時，童子才察覺有人聚攏過來，於是停止吹笛。

事後才明白，童子並非只是閉著雙眼吹笛。原來童子無法睜眼——換句話說，他是目盲之人，甚至耳朵也聽不見，加上連話都不會說——亦即，他似乎無法發出聲音。

難怪就算再怎麼向他搭話，他也渾然不覺。

總之，兼家牽著那童子的手，將他帶回宅邸。

「你叫什麼名字？」

「你爲什麼在那種地方吹笛呢？」

「你有父母嗎？」

兼家帶童子回家後，問東問西，童子卻始終不應聲。

不過，如果讓他握住笛子，並將笛子送到他脣邊，他便會吹笛。

吹出的音色極爲美妙。

兼家帶童子進宮見皇上，讓童子站在庭院吹笛。

村上天皇[5]聽了笛聲後，也震驚不已。

---

5 平安時代中期第六十二代天皇，西元九四六至九六七年在位，其中宮（相當於皇后）藤原安子即為兼家之胞姊。

「與博雅比起，有過之無不及……」

聽村上天皇如此說，兼家答：

「不，若論本領，此童子比博雅大人高出許多……」

「既然如此，那就傳博雅進宮吹笛，讓他們兩人比試一下到底誰吹得好。」

「這主意很有趣。」

「比賽吹笛。讓他和博雅比賽吹笛。」

天皇一聲令下，事情便如此決定了。

兼家前往博雅住處，向博雅說：

「皇上下了如此命令，博雅大人，您認爲呢……」

博雅一時詞窮，啞口無言。

「博雅大人，您應該不會拒絕皇上的命令吧……」

聽兼家這樣說，博雅想拒絕也拒絕不了。

只能點頭答應。

「那麼，五天後，清涼殿見……」

兼家如此說完便回去了。

六

「晴明啊，我到底該怎麼辦……」

博雅一臉精疲力盡，喃喃自語。

晴明和博雅在窄廊上相對而坐。

「就在明天了，晴明……」

次日，博雅必須和廣隆寺山門那童子比賽吹笛。

「你要逃嗎？」晴明問。

「我已經答應皇上要進宮，絕不能逃。」

「那你打算怎麼辦？」

「只能去參加比賽……」

「是嗎？」

「可是，晴明啊，我總覺得比不過那童子。不過，我又想贏……」

「對你來說，這可眞是罕事。」

「就是說呀，晴明。至今爲止，我從來沒有和別人較量過笛藝。吹笛

時，也從來沒有想過勝敗之事。可是，現在的我竟然在想這種事。而且，我大概會輸給對方……」

博雅神情憔悴不堪。

他雙眼凹陷，眼下出現眼圈，眼圈烏黑。

「我生平第一次嫉妒別人的才能……」

博雅微微搖頭。

「不行。我贏不過那小子。他的笛聲是大自然的產物。就像天空和大地，樹木和花草那類，是大自然的產物。他從上天獲取音樂，再透過自己的身體放出來。我怎麼可能勝得過？晴明，你救救我吧。告訴我，我到底該怎麼辦？我到底是怎麼了？」

此時——

「博雅大人，怎麼了？」

庭院響起聲音。

博雅望向庭院，原來蟬丸站在那裡。

「蟬丸大人……」

「聽說明天將舉行比賽，我也想聽聽雙方的笛聲，便不請自來了……」

「蟬丸大人，您聽我說，我明天無法吹笛。」

「這卻又是爲何……」

「無論我怎麼吹，笛子總是不響。笛子發不出聲音，那倒不如不吹。」

「怎麼回事了？這不像平日的博雅大人呀。」

「請您指教一下，蟬丸大人，眼睛看不見的人，是不是可以看見常人看不見之物呢？耳朵聽不見的人，是不是可以聽見常人聽不見的天籟呢？如果是，我眞想挖出我的雙眼。如果是，我眞想割掉我的耳朵……」

博雅的聲音微弱又沙啞，看似奄奄一息。

「晴明啊，你是不是知道那小子到底是什麼東西？你說，我能贏過他嗎……」

「博雅，這不是輸贏問題。你明天只要專心吹笛就好了。事情就這麼簡單。其餘的，我也不知道該怎麼說。」

「原來你知道，你知道他是什麼東西吧？那你快告訴我，我該怎麼辦？我到底該怎麼辦？」

「你只要保持原來的自己就好。事情就這麼簡單。」

「你不要光說些莫名其妙的話。我本來就是我。無論發生什麼事，我本

來就是我啊……」

「你說的沒錯，博雅……」

「算了，晴明……」

博雅垂頭喪氣，從窄廊上站起。

「博雅，你要去哪裡？」

「我想起我必須去一個地方……」

「什麼地方……」

「不說……」

博雅說完，獨自一人走出晴明宅邸。

七

博雅在月光中仰望朱雀門。

他從懷中取出葉二，朝著大門高舉起來。

「喂，你在嗎？妖鬼……」博雅叫道：「我來還你笛子。」

葉二是妖鬼送給博雅的笛子。

往昔某天夜晚，博雅和朱雀門上的妖鬼對吹了一夜的笛子，兩人分手時，交換了彼此的笛子。那時，妖鬼送給博雅的笛子正是這把葉二。

「怎麼了？三品大人[6]……」

門上傳來低沉聲音。

「我已經沒資格擁有這把笛子，所以來還笛子……」

「我知道，你明天將和那東西比賽吹笛吧？」

「你知道此事？」

「唔，當然知道，當然知道……」

「那麼，妖鬼啊，你知道那東西到底是什麼嗎……」

「知道。」

「難道不是你的眷屬嗎……」

「不是。」

「可是，不管是什麼，他應該不是人類吧？」

「三品大人，你說對了一半，但也說錯了一半。」

「什麼!?」

「那東西，既是人，亦非人也。」

---

6 源博雅在日本朝廷的官位最高達到「非參議從三位（從三品）皇后宮權大夫」，因此被稱為博雅三位，而日本常有以官位或品級代稱某人的習慣。

「總之，他不是一般人吧？我和他比賽，怎麼可能贏得過……」

聽博雅如此說，妖鬼哈哈大笑。

「你眞沒出息，三品大人。我明天也會去聽，所以現在還不能收回葉二。萬一你明天吹得不像話，我會當場打死你，到時候再收回我的笛子。」

「既然如此，妖鬼啊，你不用等到明天。你現在就當場打死我好了。」

「明天，我會去……」

「等等，妖鬼啊，你等等……」

然而，妖鬼不再回話。

不管博雅再怎麼呼喚，門上只盤踞著一團黑暗。

這時——

「唷，這不是博雅大人嗎？您在這兒做什麼？」

聲音響起。

博雅回頭一看，原來是個披頭散髮、鬍鬚蓬亂的老人——蘆屋道滿站在博雅眼前。

「道滿大人……」

「聽說明天將發生很有趣的事，我也想聽聽，所以來了……」道滿說。

「道滿大人，您大概知道明天和我比賽的人，到底是什麼東西吧？」
「唔，大致猜到了。」
「那您告訴我，那東西到底是什麼……」
「該怎麼說呢……」
道滿不出聲地笑著。
「看來，晴明什麼都沒有告訴你？」
「我一無所知。」
「你的表情很好。」
道滿看似很愉快。
「這才是人類的表情。博雅大人，你現在的表情總算像個人類了。」
「我現在的表情很難看吧？」
「不，不，很好看。」
「您不要開我玩笑。」
「我沒有開你玩笑。我只是覺得很好玩。」
「您既然知道，那就告訴我吧。那東西，到底是什麼東西？」
「不告訴你。」

「爲什麼？」
「這樣比較好玩啊。因爲我明天會去參觀。」
道滿說畢，當場一骨碌躺在朱雀門下，曲肱而枕，就地入睡。

八

清涼殿——
天皇面前站著一名少年。
少年緊閉雙眼，手握笛子。
以藤原兼家爲首，坐在四周的都是朝廷重臣。除了左右大臣，蟬丸和晴明亦在座。
只有博雅神色憔悴不堪地坐在其中。
少年——童子本來沒有資格站在此地。
不過，爲了這一刻，兼家特地收童子爲養子，並給他取名叫「笛丸」，特別封官位給他[7]。
「笛丸，你吹吧。」兼家說。

---

7 平安時代，品級必須達五位以上才可獲准升殿（進宮）進入天皇所在的清涼殿，稱為「殿上人」，也有六位藏人特別獲准進宮者。攝關家（藤原家嫡流可升任攝政、關白、太政大臣之家族）等權臣子孫可獲家族庇蔭之「蔭位」，以小舍人身分獲准入宮，稱為「童殿上」。無品級者臨時必須覲見天皇時常用收養或臨時敘位等方式權宜為之。

然而，童子一動不動。

兼家半立坐姿，用膝蓋往前挪動幾步，挨近童子後，伸手碰了一下童子背部。

童子舉起握著笛子的手，將笛子貼在脣上。

美妙音色滑出。

聽到笛子音色時，眾人均發出歎聲。

「噢……」

歎聲低沉轟然。

笛聲宛如發自天界，此時此刻剛傳至人間般，聽起來不像現世所有。

那音色，像在溫柔地直接撫摩人心，而非傳入耳內。

——啊，眞是無比美妙的音色。

博雅內心發出讚歎。

這麼美的音色，我怎麼可能贏得過——博雅暗忖。

太美了。

眞的很美。

聽到笛聲時，博雅煩惱至方才的問題突然消失了。

此刻，他只想專心聆聽笛聲——思及此，博雅暗叫一聲，察覺了一件事。

這音色，他好像在哪裡聽過？

肯定在哪裡聽過。

可是，似乎想得起來，又似乎想不起來。博雅焦躁了一會兒，霍地恍然大悟。

原來如此，原來是那時的事。

這不正是梅雨結束那天夜晚，自己在廣隆寺山門下吹到將近天亮時的曲子嗎？眼前這童子此刻吹的笛音，正是那時自己所吹的，無論曲調或音色，完全一模一樣。

對了，那天晚上和晴明一起在樟樹下聽到的笛聲，不也正和此刻的完全相同嗎？

這是自己吹的曲子。

博雅終於明白此刻聽到的笛聲，正是當晚自己吹的音色。

這麼說來，眼前這個童子是自己？

原來如此。

原來眞相是如此。

想到此，博雅等不及輪到自己，就當場站起身。

他將葉二貼在脣上，吹起。

童子的笛音和博雅的笛音不分彼此地重疊一起。

重疊後，音色比單獨一人吹時更深邃。

「哦哦哦……」

聚集在清涼殿的眾人均情不自禁發出叫聲，但博雅已聽而不聞。

博雅只是一心一意吹著葉二。

笛音起伏般地響起。

博雅陷入恍惚，陶醉在笛聲中。

最後，正如那天吹到將近天亮時，笛音逐漸變得低微，之後，終止。

終止那時——

咕咚一聲，地面躺著一具木雕像。

博雅茫然地望著雕像。

此時晴明起身，走至雕像旁，扶起雕像，讓雕像豎起。

「這是廣隆寺山門的音聲菩薩大人。」晴明說。

「你、你說什麼？」兼家道。

「廣隆寺山門樓上，以毘盧遮那佛[8]爲主，供奉諸菩薩、諸天神祇，其中四尊是音聲菩薩……一尊打鼓，一尊吹笙，一尊彈琵琶，另一尊吹笛，而吹笛的正是眼前這尊菩薩……」

「這是怎麼回事？」兼家問。

「兼家大人第一次聽到笛聲那晚，吹笛者是源博雅大人。當時，山門上這尊同是吹笛的音聲菩薩受到感應，就開始吹起和博雅大人一模一樣的笛音。」

晴明向天皇俯首致意。

「我負責將這尊雕像送回山門樓上。」

晴明剛說畢，另一個聲音立即響起。

「太好了，博雅啊……」

原來是朱雀門的妖鬼不知在何處出聲。

「葉二，暫時仍交給三品大人保管吧……」

之後，聲音就此消失。

---

8 為光明遍照、大日遍照之意，是理性和智慧不二的法身佛。密宗把毘盧遮那佛稱作大日如來，作為供奉本尊與最上根本佛。中國佛教將毘盧遮那佛作為清淨法身佛；盧舍那佛為圓滿報身佛；釋迦牟尼佛為應化身佛。

九

道滿坐在清涼殿屋頂俯視下方。

「唔，這件事就不用我插手了……」

他仰望上空，喃喃自語著點頭。

迢迢千里至唐國

一

秋蟲在鳴叫。

紫竹蛉[1]、金鈴子[2]、金鐘兒[3]、石蛉[4]、金琵琶[5]、蟋蟀、黃臉油葫蘆[6]……

呼伊哩哩哩哩哩哩哩哩

唧——唧——唧——

呤——呤——呤——

叮嗯叮嗯叮嗯叮嗯叮嗯

哩哩哩哩哩哩哩哩哩哩

呼伊嘍呼伊嘍呼伊嘍嘍

呼伊唷嘍嘍呼伊唷嘍嘍

唧嗯唧嘍哩唧嗯唧嘍哩

---

1 學名*Oecanthus longicauda*，中文學名「長瓣樹蟋」，日文名「邯鄲」（カンタン：Kantan），蟋蟀科（Gryllidae）昆蟲。

2 學名*Paratrigonidium bifasciatum*，中文學名「金鈴」，日文名「草雲雀」（くさひばり：Kusahibari），草蟋科（Trigonidiidae）昆蟲。

3 學名*Homoeogryllus japonicus*，中文學名「日本鐘蟋」，日文名「鈴虫」（すずむし：Suzumushi），蟋蟀科（Gryllidae）昆蟲。

4 學名*Ornebius kanetataki*，中文學名「凱納奧蟋」，日文名「鉦叩」（かねたたき：Kanetataki），鉦蟋科（Mogoplistidae）昆蟲。

呼伊呤嗯唧伊呤嗯呤嗯
哩哩唧嗯唧嗯呼伊嘍嘍
呼伊嘍呼伊嘍呼伊嘍嘍
呤——唧——叮——呤
呼伊唷嘍嘍唧叮——唧
呼伊哩哩哩哩唧—呤—
唧嗯唧嘍哩唧嗯唧嘍哩

各式各樣的昆蟲在草叢中、樹梢上、葉片背面鳴叫。每隻昆蟲明明各叫各的，但蟲聲和蟲聲重疊一起，便彷彿在演奏同一首樂曲。有時蟲聲與蟲聲之間有間隔，有時會重疊，宛如爲了彈奏這首樂曲而彼此靈犀相通。

月光射進庭院，每一種蟲聲都如青金石般閃閃發光，看似在月光中飛舞。

安倍晴明的庭院——

博雅坐在窄廊上，本來舉杯打算送至脣邊，卻又停住，沉醉地閉上眼睛。

5學名*Xenogryllus marmoratus*，中文學名「雲斑金蟋」，日文名「松虫」（まつむし；Matsumushi），叢蟋科（Eneopteridae）昆蟲。

6學名*Teleogryllus emma*，日文名「閻魔蟋蟀」（えんまこおろぎ；Enmakoorogi），蟋蟀科（Gryllidae）昆蟲。

晴明照舊身穿白色狩衣，背倚柱子。

「哎，眞是精彩極了……」

博雅說畢，睜開雙眼，眼前的空氣很透明，月光照在庭院各個角落，月色漂盪著如花般的香氣。

「晴明啊……」

「怎麼了？博雅……」

晴明蠕動著微紅的嘴脣。

晴明似乎也不願意讓自己的聲音擾亂正在庭院唧唧啾啾流響的樂音。

「假如有人問，人的一生中，到底什麼時候才算全盛時期，我覺得，好像並非年輕時才算全盛時期……」

「嗯。」

「有些人或許要年逾不惑，甚至要等到更老，才會迎接全盛期吧……」

「或許吧。」

「無論如何，這都要看各人怎麼看待人生，恐怕直至臨終之際都得不出答案吧。也許有人會說，自己根本沒有所謂的全盛時期……」

博雅似乎不是說給晴明聽，而是對著自己念念有詞。

因此，晴明的答話也很簡短。

「像這樣，蟲兒在秋天叫喊『現在是我的全盛期』，聽起來不是令人格外心有戚戚焉嗎？」

博雅說到此，才喝乾杯中的酒。

一旁的蜜蟲往博雅的空酒杯斟酒。

「對了，晴明啊，最近京城出現一名不可思議的女子，你聽說了嗎？」

「倘若是那名離去時會留下伽羅[7]香的女子，我倒是聽說了。」

「正是那女子。」

「那女子怎麼了？」

「其實也沒什麼，只是覺得，這世上竟然有這種怪事……」

博雅說的是近半個月來，在京城各處出現，隨即又消失蹤影的奇妙女子。

「據我所知，她半個月前第一次出現在神泉苑[8]……」

十五天前，神泉苑有一場和歌競賽。

競賽者分為左右兩組，兩組都分別準備了擱和歌詩箋的沙洲盆景[9]，氣氛相當熱鬧。

---

7 日本人稱特別優質的沉香為「伽羅」，原產於越南，別名伽南香、奇南香。

8 建於平安京皇宮東南方的御苑，東西約二四〇公尺，南北約五百公尺，中央有池塘，是天皇與朝廷官員的宴遊場所。現為東寺真言宗寺院。

9 原文為「洲濱」，「洲濱台」之略稱。平安時期宴席中之裝飾品。以松竹梅或龜鶴裝飾在仿照沙洲形的臺子上，仿似中國傳說的「蓬萊仙島」，有吉祥寓意。

據說，那女子當時夾雜在女官席中。

看到那女子的人都說，她身上穿著紅葉襲[10]唐衣[11]，容光煥發地眉開眼笑，左組負責吟詩的藤原家常吟錯和歌時，她還咯咯笑出聲。

事後才知道當時所有人都是第一次看到她，之前沒有人認識她，但都認爲她可能是某貴族家的女官。

然而，和歌競賽即將結束時，那女子竟在眾人不知不覺下消失蹤影。沒有人目睹她到底何時退席，只是，消失的席上留下了伽羅芳香。

三天後，是相撲節。

相撲人聚在一起比賽相撲，據說，那女子也出現在觀眾中。

而且她夾雜在眾男人中觀看相撲，倘若有相撲人因打敗而滾在地上，她還會高興得拍手。

一般說來，身穿十二單衣的女官應當躲在垂簾後觀看相撲比賽，那女子卻夾雜在男人之中。看到女子的人都覺得很奇怪，暗忖她到底是何方女官，只是，相撲比賽即將結束時，那女子再度於眾人不知不覺中消失蹤影，只留下一陣伽羅芳香。

如此，某人在某處看到那女子的風聲便傳開了。

---

10 「襲」為十二單衣的重疊穿法造成的配色效果。「紅葉襲」指表紅布，裡青布；或表紅布，裡布是深紅色。

11 宮廷女官正式禮服十二單衣最外一層的短上衣。

無論任何活動，那女子都會出現。

卻沒人知道那女子到底是誰。

每次都看見她笑盈盈地好像很快活，過一會兒才發現她失去蹤影，只留下一陣伽羅香。

「聽說，三天前，那女子也出現在兼家大人宅邸。」博雅道。

三天前的夜晚——

那晚，明月當空，藤原兼家在自宅庭院鋪上氈子，並命人準備酒席，舉行了一場小小宴會。

有人彈琵琶，也有人奏篳篥，眾人正在賞月時，突然自天降下聲音。

「今晚的月亮真美。」

是一女子的聲音。

眾人循聲望去，發現兼家宅邸屋頂最高處，坐著一個身穿唐衣的女子，望著月亮，正在咯咯笑。

她到底是誰？

是何方女子？

雖然眾人心裡明白對方應當是最近傳聞中的那女子，但看她那樣登至屋

頂高處，想必是妖物之類，正當眾人如此想時，女子身穿的衣襬隨風飄起，眨眼間，女子的身子已浮在半空。

女子看似隨風飄去般，失去蹤影，但據說風中留下一陣伽羅香氣。

「我最近也聽到一則那女子的風聲。」晴明說。

「是嗎？」

「這是露子姬告訴我的。」

「是那位喜歡昆蟲的小姐嗎？」

「是的。」

昨天中午，露子姬帶著黑丸[12]和螻蛄男[13]前來。

「晴明大人，我前幾天遇見一位很不可思議的女人。」露子向晴明說。

露子總是男裝打扮。

她身上穿著白色公卿便服[14]，頭髮僅在後方綁成一束，臉上沒有罩上任何東西，看上去像個少年。

露子說，她在七天前帶著螻蛄男到鴨川旁的小河抓魚。

兩人光著腳入河，用笊籬淘著河底的泥沙。之後再將笊籬底部淺淺地浸在河中，讓河水沖走泥沙後，笊籬中便會出現各種漁獲。

---

12 脫蛹的赤蠶蟲，背部有雙發出朦朧青光的翅膀，是露子姬的式神。請參照《龍笛卷》〈蟲姬〉。

13 負責幫露子姬抓蟲的男童。請參照《龍笛卷》〈蟲姬〉。

14 原文為「水干」（すいかん；suikan）。

鯽魚、泥鰍、鮠[15]——在蘆草叢中淘泥土時，有時也會撈到鯰魚和鰻魚。

有時更會撈到河蜆之類的貝類。

小河深度頂多及膝，但撈著撈著，身上的衣服會濕透。

露子外表看似少年，其實是個二十出頭的女子，嬌嫩的雙腳在岸邊蘆草中頻頻走動，當然會被擦傷或割傷。

但露子滿不在乎地繼續到河裡撈魚。

笊籬中偶爾會出現露子喜歡的龍蝨[16]和大田鼈[17]等昆蟲。對露子來說，這是幸福時刻。

露子正玩得入迷時，聲音響起。

「妳好像玩得很開心。」

抬頭一看，岸邊不知何時站著一名女子，身穿唐衣，正笑嘻嘻地望著露子和螻蛄男。

「很開心。」露子答。

「妳應該是好人家的女兒吧？好人家的女兒竟然能玩成這樣，真令人羨慕。」女子說。

---

15 日本產鯉科（Cyprinidae）淡水魚中，中型且體型細長者之總稱。如拉氏鱥、箱根三齒雅羅魚、平頜鱲（溪哥）等。

16 原文為「源五郎」（ゲンゴロウ：Gengorou），鞘翅目（Coleoptera）肉食亞目（Adephaga）步行蟲總科（Caraboidea）之下水生數科龍蝨類的總稱。或專指其中龍蝨科（Dytiscidae），或用作龍蝨科下「日本大龍蝨」（*Cybister japonicus*）的標準日本名稱。

17 指「狄氏大田鼈」，學名*Lethocerus deyrollei*，日文名「田鼈」（たがめ：Tagame），負蝽科（Belostomatidae），日本最大水生昆蟲。

那女子不知有什麼愉悅事，臉上堆滿喜洋洋的笑容。

「妳也要玩嗎？」

露子用沾滿泥巴的手抹著額上的汗水。

「我也很想玩……」

「怎麼了？」

「啊……很遺憾，太遺憾了……」

「妳看。」

露子挨前幾步，朝女子遞出笊籬。

女子看似伸手接過笊籬，笊籬卻直接落到草地上，滾了幾圈，又落到露子腳邊的水中。

「啊……」

露子拾起笊籬，再抬起頭時，女子已不見蹤影。

輕輕吹拂的微風中，留下一陣伽羅芳香。

二

「原來如此。晴明，是露子姬告訴你這件事的？」博雅說。

「唔，是的。」

晴明將右肘擱在豎起的膝上答。

「可是，晴明啊，你覺得怎樣……」

「什麼怎樣？」

「綜合大家的傳聞，這女子不都是同一人嗎？」

「看來是同一人。」

「而且，她在不知不覺中出現，又在不知不覺中消失……」

「嗯。」

「這女人，到底是什麼東西？」

「我怎麼知道？」

「這類不可思議的事，晴明，不都是你分內的事嗎？」

「確實是我分內的事，可是，光聽風聲，我也不明就裡。我只是風聞那

女子的種種事跡而已，沒有當面遇見她。」

「我以爲你可能知道些什麼……」

「不知道的事仍是不知道。」

「說的也是……」博雅失望地吐出一口氣。

「對了，博雅。」晴明道。

「怎麼了？」

「明天你如果有空，要不要和我一起去？」

「一起去？去哪裡？」

「西方的西光寺。」

「去做什麼？」

「今天傍晚，你來這兒之前，從西光寺來了一位名叫明鏡的僧侶，說有事找我幫忙。」

「幫忙？什麼事？」

「聽說有個怪東西掛在庭院裡的蜘蛛網上。」

「什麼怪東西？」

「他們就是不知道是什麼，才形容爲怪東西，所以特地前來求助。」

「有道理。」

博雅點頭。再問晴明：

「對方怎麼說？」

「他們不知道該怎麼辦，託我前去看看。」

「是嗎？」

「我答應對方明天過去。」

「嗯。」

「剛好你也來了，所以順便找你一起去……」

「我一起去沒關係嗎？」

「沒關係。」

「唔。」

「怎樣？去嗎？」

「唔，嗯。」

「走。」

「走。」

事情就這麼決定了。

三

西光寺位於西京。

晴明和博雅搭牛車出門，中午前便抵達西光寺。

「歡迎，歡迎，博雅大人，晴明大人，歡迎兩位光臨。」

明鏡出來迎接兩人。

「總之，先帶我們去看看吧。」晴明道。

「請隨我來。」

進寺院之前，明鏡在兩人前方帶路。

三人繞過正殿，來到寺院西側。

西側有一口小池塘，四周用石子圍繞，一旁種著一棵老楓樹。

明鏡站在楓樹下，說：

「正是那個。」

順著明鏡指的方向仰頭望去，可以望見楓樹樹梢間有一面蜘蛛網，上面不知掛著什麼，正在蠕動。

「昨天早上，明明沒有風，這棵楓樹的樹梢卻在動，我覺得有點怪，過來仔細一看，才發現這個。」

「這是？」博雅低語。

「不知道。所以我才出門前往晴明大人宅邸，請他幫忙。」

那東西，乍看之下，完全看不出到底是什麼。

看上去像一隻約山斑鳩[18]大的蝴蝶，卻非博雅叫得出名字的蝴蝶。

似乎有一雙透明翅膀，也有透明身體，但身體形狀和蝴蝶不一樣。若是蝴蝶，應該有六條腿，但眼前這東西只有四條腿，有點像人的手足。

那東西拚命抖動翅膀，似乎想掙脫蜘蛛網，卻總是沒法脫逃。

如果定睛望著那東西，想看出到底是什麼時，輪廓反倒顯得模糊不清，分辨不出到底是蝴蝶還是其他東西。愈是想定睛細看，那東西的形狀便愈模糊，形成一團軟乎乎的物體。

但如果放棄定睛細看的心思望去，那東西又看起來像隻蝴蝶了。

博雅望著那東西，揉了好幾次眼睛。

「晴明啊，我總覺得，每當我定睛仔細看時，好像會愈看愈模糊……」

「確實如此……」晴明點頭，「明鏡大人……」

18 學名*Streptopelia orientalis*，中文學名「金背鳩」，原文為「山鳩」（やまばと：Yamabato），鳩鴿科（Columbidae），身長約三十三公分。

「是。」

「那面蜘蛛網，不是普通的蜘蛛網吧？」

「不，那的確是蜘蛛網……」

「我不是這個意思。蜘蛛網確實是蜘蛛網，但是，形狀有點怪。那種蜘蛛應該不會結出那種形狀的網……」

「是的，您說的沒錯。這面蜘蛛網其實是從正殿移過來的。」

「從正殿移過來？」

「是。」

「怎麼移的？」

「我們每天都要打掃正殿，卻不知爲何，每次打掃時，經常在主祀阿彌陀如來的手臂和身體之間發現蜘蛛網。」

「是。」

「發現蜘蛛網時，我們會除掉蜘蛛網，只是，這蜘蛛網不同於一般地方的蜘蛛網，所以我們也不能胡亂除掉……」

「意思是？」

「那畢竟是阿彌陀如來身上的蜘蛛網。如果用棒子或別的工具撢掉，不就等於在阿彌陀佛面前殺生了嗎？所以我們也不敢亂來……」

「原來如此……」

「於是我們想出一個辦法，用竹竿除掉。」

「竹竿？」

「是。我們在竹竿頂端綁個用削細的竹條繞成的圈，再用那竹圈將蜘蛛網連蜘蛛一道取下。也就是說，用竹圈取下整面蜘蛛網，再拿到外面，將整面蜘蛛網照原樣掛到庭院的樹上。」

「那面蜘蛛網也是這樣移來的？」

「是。」明鏡點頭。

「可是，晴明啊，你怎麼知道那不是普通的蜘蛛網？」博雅問。

「博雅大人，一般說來，那一類蜘蛛網最外圍連結到樹枝的每一根蜘蛛絲，應該會伸得更長。我剛才也說過了，這面蜘蛛網的形狀和往常所見的不同，所以我覺得很奇怪……」

「是嗎？」

「另有一點。」

「什麼事？」

「掛在蜘蛛網上的那個東西，一般說來，應該不會落入蛛網。」
晴明在第三者面前對博雅說話時，口氣總是很客氣。
「不會落入蛛網？什麼意思……」
「我是指妖物或死靈等那類陰態之物。」
「妖物？」
「所以，我本來認爲那不是普通的蜘蛛網，後來聽說是結在如來身上的蜘蛛網，這才恍然大悟。」
明鏡聽晴明如此說，問：
「那麼，晴明大人，那東西該怎麼辦呢？」
「放走。放了那東西，也不會造成任何危害。」
「該怎麼做呢？」
「讓我來。」
晴明挨近楓樹，右掌貼在樹幹上，口中喃喃念起咒文。
過一會兒，晴明停止念咒，仰望蜘蛛網，低聲道：
「好了，你可以走了。」
晴明說畢，掛在蛛網上的那東西飄然隨風脫離蛛網。

那東西在晴明等人頭上飛舞了一陣子，隨即溶入空氣中，失去蹤影。
這時，有股味道傳入三人鼻孔。
「晴明啊，這是伽羅香。」博雅說。
「好像是。」
「既然是伽羅香，表示那東西是……」
「或許，她正是近半個月來聞名京城的那位大人……」晴明道。

四

晴明和博雅進寺院喝了白開水，正打算辭別西光寺時，有人來訪。
「晴明大人，博雅大人，有人說想拜見兩位大人。」
兩人聽了寺院的人來報，出去一看，來人是名年近四十的女子。
「什麼事？」晴明問。
「我家主人這半個月來一直陷於沉睡，昏迷不醒，剛才突然醒來……」
西光寺有兩位訪客，一位是安倍晴明大人，另一位是源博雅大人。這兩位大人幫了我很大的忙，我想向他們致謝。妳去轉告他們說：我本應親自到

訪，但非常抱歉，勞駕兩位大人過來一趟——

據說那位主人如此說。

「博雅大人，我們去一趟吧。去了後，或許就能明白至今爲止所有不明白的事……」晴明道。

五

晴明和博雅隨著女人往西行，離寺院不遠處，有間四周圍著矮樹籬的小房子。房子不大，算不上宅邸，但矮樹籬和院子都整理得很乾淨，是間有品味的房子。

進屋後，女人在前面帶路，說：

「請隨我來……」

屋內傳來伽羅芳香。

「晴明，這是……」博雅低聲說。

「我知道……」晴明也小聲答。

女人帶兩人來到一個房間，裡面有個女人躺在被窩裡。

「晴明大人和博雅大人駕到了。」
帶路的女人如此說，躺在床上的女人坐起身。
仔細一看，是位約九十多歲的白髮老婦。
埋在皺紋中的雙眼浮出柔和笑容。
「太好了，晴明大人，博雅大人，勞駕兩位過來，實在很不好意思。」
老婦人發出銀鈴般可愛的聲音。
「剛才我落在蜘蛛網中，沒法逃脫，承蒙兩位相救，眞是感激不盡。本來應該由我親自拜訪向兩位致謝，無奈我這身子不中用，請兩位大人包涵。」
女人的被窩周圍擱滿了琉璃杯、琉璃珠、看似從唐國渡海而來的陶製胡人像、玉製香爐等。
一道散發伽羅香氣的薄煙，自香爐裊裊上升。
「往昔，我受過先先皇的恩寵……」
女人環視枕邊。
「周圍這些都是先先皇當時御賜之物。可能因爲我病倒了，家裡人便將這些我喜歡的東西擱在我四周吧。」

女人懷念地說。

「我身子弱，自病倒後，幾乎從未離開這個家，潛居在此，只是內心經常想著唐國和胡國的事……」

「您很想去那邊玩玩嗎？」晴明問。

「是。」

老婦人微笑著點頭。

「不過，我生來體弱多病，就連京城也沒法出門去走走看看，始終待在這裡。或許多虧如此，我這身子才能活到這把年紀……」

老婦人微微嘆了一口氣。

她望向晴明，眼神宛如一個想起往昔做過的惡作劇的孩童。

「結果，晴明大人，我經歷了很令人吃驚的事。」

老婦人邊說邊點頭。

「剛才我醒來後，才知道我在半個月前病倒，一直昏迷到現在。昏迷期間，我做了夢，夢中去過很多地方……」

「是。」

「我想確認一下夢境是真是假，才讓家裡人跑一趟西光寺。假如晴明大人和博雅大人都在西光寺，那表示我做的夢都是眞的。」

「是。」

「我因爲在空中飛得太高興，結果不小心落進那面蜘蛛網。很可笑吧？」

老婦人笑著說。

「我在那面蜘蛛網中，清楚聽見明鏡大人呼喚晴明大人和博雅大人的名字。所以我想，假如兩位眞在西光寺，定要請兩位大人來此一趟……」

「於是我們來了。」

「對了，晴明大人，博雅大人，那應該是七、八天前的事吧。眞的很有趣，我在鴨川附近一條小河邊，看到兩個孩子用笊籬這樣抓泥鰍跟鯽魚。」

老婦人用手勢比著用笊籬淘的動作。

「那時，有位身穿男裝的女子，看上去玩得很高興。我也情不自禁跟著呵呵笑，當時眞的很想跟她一起玩水……」

老婦人說著說著，雙眼撲簌簌地掉下淚。

「晴明大人，世上眞有那種女子嗎？身爲女子竟然會做那種事？我到現在仍覺得那是夢……」

「有。」

晴明道。

「那孩子名叫露子，是位很喜歡昆蟲的大小姐。」

「是嗎？明明是位大小姐，竟然可以做那種事，太令人羨慕了。」

老婦人用指尖抹去滑下臉頰的淚水。

「晴明大人，博雅大人，謝謝你們。我餘生已不長了，眞的……眞的感激不盡……」

老婦人俯首致謝之後，躺回被窩裡。

接著，又抬起頭說：

「晴明大人，博雅大人，這半個月，我眞的很快樂……」

老婦人浮出欣喜的微笑，閉上雙眼。

她頭傾向一邊，發出輕微鼾聲，陷入沉睡。

六

隔天，晴明和博雅收到消息，老婦人安詳過世。

迢迢千里至唐國
秋夜醒來
一夜未眠
飛去之吾心

大貳三位[19]

19 為紫式部與藤原宣孝之女，曾任後冷泉天皇乳母。後冷泉天皇即位時，任從三位（從三品）內侍女官。敕撰和歌多達三十七首。本名藤原賢子，因其再婚夫婿高階成章任大宰大貳，自身受封從三位，故被稱「大貳三位」。

蜈蚣小子

一

晚秋。

秋蟲在日漸沁涼的夜氣中鳴叫，叫聲已不如全盛期，數量也不如前，音色亦奄奄一息。

取而代之的是庭院裡開得正盛的菊花，夜氣中瀰漫濃厚花香。

「眞香啊，晴明……」

博雅說後，喝乾杯中的酒。

「菊花香和酒香交融一起，好像隨著酒滲入體內深處……」

博雅舉著空酒杯，陶醉地閉上眼。

此處是晴明宅邸窄廊。

青色月光中，蟋蟀叫聲益發微弱，看似即將嘶啞。

「別喝太多，博雅……」

晴明望著庭院說。

「等一下我們還必須出門一趟。」

「我知道。」
博雅擱下杯子，繼續說：
「這本來就是我拜託你的事。如果我喝醉了，你大概會爲難吧。」
「我不會爲難。會爲難的是你吧，博雅……」
「爲什麼我會爲難？」
「要是說，你喝醉了不能走路，我不出門就是了。一點都不爲難……」
「如果我喝醉了，你就不去嗎？」
「不是如果你喝醉了就不去，是萬一醉得不能走路時。」
「這點你倒不用擔心。」
博雅說後，縮回下巴點頭。
蜜蟲往博雅的空酒杯斟酒。
一隻飛蛾挨近唯一點燃的燈火，在燈火四周不停飛舞。
「不過，你答應幫忙，讓我鬆了一口氣。畢竟這是藤原實貞大人託付的事。」
「無所謂。反正我也閒得慌。」
「可是，實貞大人到底怎麼了？」

「今晚去看了後就知道吧。」
「看了就知道嗎……」
「不過，去之前，我想先整理一下問題。博雅，抱歉，你再從頭說一遍你剛才說過的話。」
「嗯。」
博雅點頭，開始述說如下的事。

二

大約十天前，藤原實貞發生異狀。
早上——
實貞遲遲不起床。
即便家裡人去叫他，他也趴在被褥中，不肯起床。
「實貞大人，今天是您必須進宮上朝的日子，您得趕快起床更衣。」
家裡人如此說，但實貞依舊不起床。他微微掀開被子，雙眼炯炯發光，在被褥中無言地瞪著家裡人。

看來實貞似乎已經醒了，只是不肯離開被褥。
禁不起家裡人催促，實貞只得勉強起床。
「陽光太刺眼，令人受不了。」
實貞如此說，最後總算在趕得及的時刻出門進宮。
同樣的行爲持續了兩天，第三天——
實貞果然不起床。
他和前兩天一樣，其實已經醒了，卻不肯離開被褥。
「今天有很重要的事，請您快起床。」
家裡人揭掉被子後，實貞以雙手雙腳在地板刷刷爬行，躲入幔帳內。
「實貞大人。」
家裡人伸手碰觸實貞。
「嘶！」
實貞頓時咬了家裡人的手。
同樣的行爲持續了三天。
之前的兩天和這回的三天，總計五天——
第六天，實貞以非人的速度在地板爬行，而且直接爬到庭院，躲在大岩

石後。

追在後面的人大喊。

「實貞大人……」

實貞聽到後，再度移動，在地面飛翔般地刷刷爬行。

看到此狀的家僕描述道：

「大人身上長出六隻手、六條腿，用這些手腳在地面爬行……」

實貞就如此爬進地板下，不再出來。

家僕鑽進地板下搜尋，發現實貞躲在最陰暗之處，肚子緊貼地面，雙眼發出黃光，望著家僕。

家僕很害怕，卻仍呼喚：

「實貞大人……」

結果，實貞往家僕臉上「嘶」地吐出腥臭氣息。

事情到了這種地步，家僕也沒法觸碰實貞，更失了把他從地板下帶出來的氣力。

鑽進地板下的男人出來後，說：

「那已經不是實貞大人了。」

大家都很害怕，於是置之不理。

實貞白天一直躲在地板下。

宅邸的人去探視時，看到地板下陰暗的深處有一雙發黃的眼眸望向外面，看來實貞還活著。

夜晚，實貞會從地板下爬出，在庭院到處亂爬。

有時會翻開庭院的石頭，看似在吃石頭下的東西。

雖然不知實貞身上的衣物於何時脫落，還是實貞自己脫掉，總之實貞赤身裸體。他身子變得細瘦，而且身子兩側似乎長出好幾條手腳。

夜晚——

本來發出黃光的雙眸會變成綠光。

眾人束手無策。

昨天，源博雅湊巧有事前往實貞宅邸，家僕向博雅說明事由，並拜託博雅：

「能不能麻煩您請安倍晴明大人過來一趟……」

「所以，我才會來你這裡，晴明……」

博雅來到後，問晴明：
「怎樣？你願不願意去？」
「既然是你拜託我，我當然不能拒絕。」晴明答。
於是兩人決定一起前往實貞宅邸，這就是今天傍晚時發生的事。

三

「怎樣？有沒有辦法可以解決？」博雅問晴明。
「唔……」
晴明仰頭望著屋檐彼方的月亮，看似在思索某事。
人的身體長出好幾隻手腳在地面爬行，聽起來相當恐怖。
「對了，博雅，我想問你一件事……」
晴明收回望著月亮的視線。
「什麼事，晴明？」
「實貞大人宅邸內有沒有養雞？」
「雞!?」

「嗯。」
「這個，我不知道。」
「算了，今晚去問問看，到時候就知道了。」
「雞怎麼了？爲什麼是雞？晴明，你告訴我……」
「去了再說吧。」
「晴明，你不要裝模作樣，現在就告訴我吧……」
「先去了再說。而且，我們差不多也該出發了……」
傍晚博雅到來後，晴明聽完事情的來龍去脈，便說「既然如此，我們晚一點再動身」，之後便和博雅在這窄廊上喝起酒來。
在此之前，晴明已遣人前往實貞宅邸，告知今晚將晚一點才去。
如今，約好的時刻快到了。
「走吧，博雅。」
「唔，嗯。」
「走。」
「走。」
事情就這麼決定了。

四

兩人徒步前行。

實貞宅邸位於神泉苑南方，離晴明宅邸不遠。

月亮雖已西傾，所幸有月光，不需燈火照明。

順朱雀大路南下，來到實貞宅邸附近時，宅邸方向傳來喧囂。兩人甚至可以聽到有人說話的聲音。

來到宅邸前，大門下聚集著幾個人。看似是在宅邸裡做事的女傭和孩童，其中也有幾名男人。而且大門內又傳出叫聲。

「他跑起來了！」

「在那邊！」

「快逃！快逃！」

是幾個男人的聲音。

過一會兒，傳來「哇」一聲尖叫。

「被、被咬了！」

「是腳！是腳！」

聲音比剛才更吵雜。

「完了，博雅。」

晴明道。

「我因爲想和你一起喝酒，又想，反正可能要到明天早上才能解決，於是向對方說，我們將在半夜前去，看來應該早點來才對……」

大門下的人發現晴明和博雅挨近的身影，瞬間露出不安神色。

「我是源博雅。」

聽博雅報出姓名後，其中一名男人走來。

「哦，是博雅大人，那麼，這位就是安倍晴明大人了……」

是實貞的長子藤原實通。

「哦，實通大人……」

博雅走向對方。

「晴明大人和博雅大人大駕光臨……」

實通向兩人俯首致意。

「非常感謝兩位。我是藤原實通……」

實通還未說完，晴明便插嘴道：

「此刻不用急著寒暄，請您先說明到底發生了什麼事？」

「是。」

實通點頭，繼而開始述說。

事情是這樣的。

實貞的狀況一夜比一夜怪異，今晚特別嚴重。之前每天入夜後，實貞會從地板下出來，在庭院到處亂爬，但今晚他竟從庭院爬至屋內。

之前即便有人調逗實貞，通常也都平安無事，今晚卻不一樣，實貞一看到人，即刷刷地爬至那人身邊，不由分說亂咬一陣。

按理說，其實可以用長矛刺殺或用利刃砍死怪物，但眾人都明白怪物其實是主人實貞，不能殺。大家都知道晴明將在半夜前來，因此宅邸內所有人都聚集在大門下，打算忍耐至晴明到來。

這時，晴明和博雅恰好來了。

大門內不時傳出叫喚，是因爲實貞到處亂跑，家人正在用棒子牽制，盡量不讓實貞接近大門。

儘管如此，化爲妖物的實貞實在太恐怖，實通正打算乾脆讓眾人全都逃到屋外後關上大門。

「總之，我們先進屋。不過，進屋前，我想請教實通大人一事。」

「什麼事？」

「府上有沒有養雞……」

「雞？」

「有嗎？」

「家主實貞曾說，雞頭看起來很像蛇頭，他不喜歡，所以沒養……」

「是嗎……」晴明點頭。

「喂，晴明，雞怎麼了？」博雅問。

「博雅大人，我現在沒時間說明此事。」

晴明恭敬地俯首。

「實通大人，您能不能命人在天亮前蒐羅六、七隻雞來？」

「沒問題……」

實通隨即下令，三名男子拔腿就跑。

「我們進去吧……」

晴明走進大門後，發現有幾把火光在黑暗中移動。

「在那邊！」

「跑到你那邊了！」

火光中傳出如此叫聲。

仔細一看，原來有四名手持竹棒的男子，在火光和月光中半蹲著身子擺出架勢。

「是晴明大人和博雅大人。」

實通喚道，眾男子聚集過來。

「實貞大人現在在哪裡？」晴明問。

「好像從那個角落爬進地板下……」

一名男子指著黑暗的另一頭答。

「接下來就交給我辦吧。」

晴明向對方俯首致意，接著單獨一人大踏步走向屋子角落。

「等、等等，我也去。」

博雅慌忙追上，和晴明並肩而行。

兩人在屋子角落附近止步，悄悄往地板下探看，裡邊有兩個發出綠光的圓點。

「晴明，在裡邊。」

博雅剛說出口，那東西隨即動起來。

筆直朝晴明和博雅逼近。

速度快得驚人。

當那東西從地板下衝出來時，博雅「哇」地大叫一聲，仰倒身子往一旁避開。

晴明則仰倒向另一邊。

刷刷刷刷刷刷！

那東西衝出去了。

是個赤身裸體的人——正是藤原實貞。

而且他的肢體兩側長出無數手腳。據先前傳言，本以爲有十二隻，現在看似又增多了。實貞同時舞動著那些手腳，在地面奔跑般爬行。

那絕非人類的速度。

假若是狗之類的動物，奔跑時，頭部和背部應該會大幅度上下起伏，但實貞奔跑時，頭部和軀幹幾乎完全沒有起落。只有手腳在動。

實貞在月光中掉頭，再度奔來。

他不是奔向晴明，而是奔向博雅。

「晴明，他過來了！」博雅大叫。

「博雅，別動。」

晴明邊跑邊喊。

「你說什麼？」

博雅本來打算拔腿奔逃，聽到晴明所言，又當場止步。

這時，實貞已爬過來，正要撲到博雅身上——

奔跑過來的晴明就勢躍向半空，當他雙腳落地時，同時也伸出右手。

「磅」一聲，擊打實貞的背部。

實貞停止動作。

然而，實貞雖無法前後轉動，身上的無數手腳仍在刷刷刷地刨蹴地面。

「怎、怎麼了？」

臉色發白的博雅挨近問。

此時，實通恰巧也和幾名手持火把的男人趕到。

在火光映照下，那東西看上去實在可怕得令人不敢正視。

構成身體的頭、胸、手、腳，確實都是正常人類所有的形狀，但手腳數量和軀幹長度完全不同。軀幹不但變長了，更長出十二隻手和十二條腿，總計二十四肢，這些手腳都在拚命刨蹴地面，看似想脫逃。

但是，彷彿有一隻大手按住實貞的背部，令其動彈不得。

嘶！

嘶！

實貞唾沫四濺地吐氣，左右搖晃著臉，發出綠光的雙眸則瞪視著環繞四周的人。

高舉火把仔細一看，原來實貞的背上貼著一張紙。

看來正是那張紙重得令實貞無法動彈。

紙上寫著文字：

東天紅

「晴明，那到底是什麼？」博雅問。

「是我剛才貼在他背上的東西。」

「我知道是你貼的。我是問你，紙上寫的是什麼意思？」

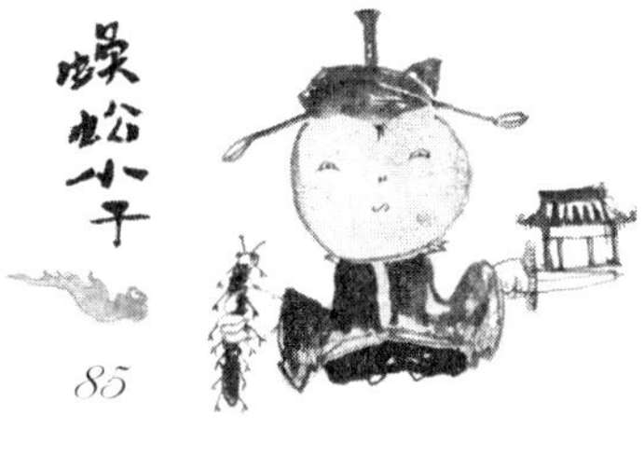

「東天紅，即雞鳴聲，有時也指雞本身。」

「什麼？」

「貼了這張紙，實貞大人便暫時不能動彈。天亮後，我必須做善後工作，故在此之前，能不能請實通大人回答我幾個問題……」晴明道。

「請便……」實通站出來。

「府上的院子是不是有很多蟲？」

「您眞是料事如神。這些蟲裡頭，蜈蚣特別多，有時會咬傷家裡人，令我們很頭痛。」

「就此事上，最近有沒有發生過什麼？」

「此事是指……」

「有關蜈蚣的事……」

聽晴明如此說，實通微歪著頭思索了一會兒。

「有。」

實通望著晴明答。

五

大概在十多天前……

「抓蟲欸。」

「抓蜈蚣欸。」

外面傳來呼叫聲。

剛好這時期宅邸內昆蟲很多，眾人都很傷腦筋。

「到外面叫那人進來。」

實貞命人去喚外面那個呼喊的人。

見面一看，對方是個年約十歲的赤腳童子，腰際掛著一顆大葫蘆。

「你會抓蟲嗎？」實貞問。

「會。」頭髮蓬亂的童子答。

「這裡蜈蚣太多，很煩人。你能不能幫我們抓一下宅內的蜈蚣？」

「明白了。」

童子從懷中取出筷子握在右手，跨腳踏進庭院。

只要隨手滾動一塊石頭，該處便會爬出密密麻麻的蜈蚣。若是翻動樹根的枯葉堆，也能見到蜈蚣。

童子每次找到蜈蚣，便用筷子俐落地輕輕夾起，放進掛在腰際的葫蘆內。

「抓得眞好啊。」

實貞起初觀看著童子抓蟲的樣子，不多久即看膩了，轉身回裡屋。

將近傍晚時，又傳來叫聲。

「抓完了！抓完了！」

實貞到窄廊一看，先前那個童子站在庭院。

「總計抓了一萬兩千又十一隻。我第一次碰到蜈蚣這麼多的宅邸。」童子說。

「太好了，多虧你的幫忙。」實貞答。

童子卻站在原地。

「怎麼了？」實貞問。

「我不是免費幫你們抓蜈蚣的。要麼，給錢，要麼，給物品，要不然我回不了家。」童子說。

「這要付錢嗎？」

「是。」

「可是，童子啊，你最初有沒有說清楚這是要付錢的呢？」

童子沒有說。

「沒有。」童子垂頭喪氣地答。

「是吧？既然你沒說，我就沒必要給你任何東西……」

「可是……」

童子哭喪著臉，實貞對他說：

「你等一下……」

實貞命家裡人用紙包了一條魚乾，說句「給你」後，將魚乾扔至童子腳前。

「這樣應該夠了吧。」

據說實貞如此說完，即轉身走向裡屋。

六

「看來原因在此。」晴明說。

「原因在此？」實通問。

「雖然目前還不知詳情，不過可以確定原因和此事有關。」

晴明剛說完，方才受實通之命，出門張羅雞的男人們回來了。

「弄到手了。」

男人們抬著籠子過來，籠內總計有八隻雞。

「晴明，爲什麼是雞……」博雅問。

「古來，雞的主食是昆蟲和蜈蚣。不過，此宅邸沒有養雞，所以我才推測宅內應該有很多蜈蚣。」

「蜈蚣……」

「養很多雞的人家，不大會發生昆蟲妖異之事；養貓的人家，不大會發生老鼠妖異之事。方才我觀察了實貞大人的形容舉止，認爲應是蜈蚣妖作怪，所以才詢問有沒有養雞這事。蜈蚣在夜晚才會行動。於是我判斷夜晚比較適合抓蜈蚣，因此才選擇這個時刻前來。」

晴明說著說著，東方天空已逐漸泛白。

「天將要亮了。我們不用睡覺了，等太陽一出，我會立即著手解決問題。總不能讓實貞大人一直處於這種狀態。」

七

旭日射在實貞身上。

「唔……」

「唔……」

實貞痛苦地扭來扭去。

晴明單膝跪地，伸出右手兩根手指，擱在自己貼上的那張寫著「東天紅」的符咒上，口中念念有詞地念起咒語。

「呃……」

「呃……」

實貞全身扭動得比剛才更激烈。

二十四隻手腳不停亂動，看起來很可怕。

這時——

「噢……」博雅大叫。

實貞的肌膚咕嘟咕嘟冒出許多類似黑斑的東西，而且黑斑逐漸擴大。

「在動。」

博雅說的沒錯，黑斑確實在動。

那東西不斷鑽出實貞的肌膚。

正是擁有無數手腳的蜈蚣。

看似黑斑的東西，原來是蜈蚣的頭。

蜈蚣接二連三地鑽出，在實貞的肌膚上爬動。

「放雞。」晴明道。

男人打開籠子放雞出來。

出了籠子的雞，爬到實貞身上，開始用嘴喙依次啄起蜈蚣。

話雖如此，蜈蚣的數量仍多得難以數計。

過半的蜈蚣被雞啄掉，剩下的則紛亂逃到庭院草叢、地板下、石子下。

當實貞體內不再出現蜈蚣時，他的身體也恢復了原狀。

實貞茫然自失地盤坐地面，實通往他背上披上一件窄袖便服[1]。

「父親大人，結束了，事情全部結束了……」實通道。

---

1 原文為「小袖」（こそで；kosode）。

八

當天傍晚——

晴明和博雅坐在晴明宅邸窄廊，再度飲酒。

「話說回來，實貞大人那模樣實在很可怕……」博雅說，「晴明啊，人的外貌怎麼會變化到那種程度呢？」

「那麼多的蜈蚣精進入體內，不變也得變吧。」

晴明一副若無其事的表情，端起酒杯送至泛起淺笑的紅唇邊。

不知何時，蟋蟀叫聲已響起。

大概因秋天即將結束，鳴叫的蟋蟀數量比昨晚少。

兩人一杯接一杯地喝著時，庭院傳來動靜，有個頭髮亂如蓬草的老人正從對面走來。

老人伴隨著逐漸加深的黑夜，以黑夜逐漸加深的速度走來，在晴明和博雅兩人面前止步。

是蘆屋道滿。

道滿身邊伴著個赤腳童子，腰際掛著一顆大葫蘆。

「原來是道滿大人，久違，久違……」晴明說。

「哎，這回多虧你幫了一忙，晴明……」道滿搔著頭說。

「晴明大人，多謝您關照……」

站在道滿身旁的童子挺直背脊說。

「這個蜈蚣丸闖出的禍，本來應該由我來收拾才對，結果你代我收了場。我先向你道個謝，晴明……」

「蜈、蜈蚣丸!?」博雅擱下酒杯問。

「博雅大人，老實說，是我命這童子去蒐集昆蟲精氣的。由於要用在咒法上，而比起山野中的昆蟲，住在人類宅邸裡的昆蟲會讓法術更靈驗，所以我讓他在那附近閒逛。」

「靈、靈驗？」

「總之，咒是針對人類而下的。和人類的精氣多少有接觸的昆蟲比較適合。」

道滿笑著。

「這小子說，實貞那傢伙實在太小氣，他不甘心，於是趁半夜潛入實貞的房間，把白天捕獲的蜈蚣精氣全灌入實貞口中。」

道滿再度愉快地笑出來。

「我昨晚才聽他說起。如果置之不理，會鬧出大事。其實也可以置之不理，但萬一事情鬧大了，那些檢非違使[2]官吏來找我的話，到時會很麻煩。所以昨晚我打算去收拾殘局，去了一看，結果啊，晴明，你已經代我善後了……」

「小事一樁。」

「不，我欠你一個人情。往後，如果你有事找我，只要向北斗射出寫著『道滿』兩字的箭，我便會出現。只不過，這世上惟有你，身邊絕不會發生必須由我出手幫忙的事吧，晴明……」

「我會記住您這句話。」

「那我走了。」道滿說。

「您要走了？」

「嗯。」

「不和我們一起喝酒嗎？」

「我也很想和你們一起喝酒，但今晚先作罷。趁天還未亮，我們還得多

---

2 平安時代的警察司法總監，類似現代的警察或檢察官。

蒐集一些蟲子。」

道滿背轉過身。

「晴明大人，多謝您了。」

童子——蜈蚣丸行了個禮，也背轉過身。

道滿默不作聲地離開庭院。

之後，月光中，只有兩三隻秋蟲發出微弱叫聲。

惦念道人

一

據說，那老人每天都會爬一次坡道。

白髮白鬚——看上去已經很老了，卻無人能推斷出他到底幾歲。有時看似七十五歲左右，有時又看似八十歲，有時更令人以爲他已經超過百歲或千歲，那他到底幾歲呢？沒有人能確切說出。

他通常從大津上坡，亦即從琵琶湖那方過來，抵達逢坂山[1]後，再下坡前往京城。

自東往西行。

老人總是走同樣路線，沒有人看過他從京城方向過來，再下坡走向大津。

當然並非有人特地四處詢問調查他的路線。或許他曾經不爲人知地從京城回到大津，也或許有人看過他走這條路線，然而，沒有人知道事實究竟如何。追根究柢，到底是誰斷定他從琵琶湖方向前來呢？說不定，老人是京城人，每天必須前往琵琶湖那邊辦事，歸途再從大津爬坡至逢坂山，湊巧被人

1 位於滋賀縣大津市西部的山，標高三二五公尺。

們看到而已。

老人穿著類似唐國道士的服裝，手中拄著一柄拐杖。

拐杖上雕刻著蟾蜍和兔子。

不過，他總是一天前來一次。一天一次這事也並非有人特地去調查，或問了當事人之後得出的結果。只是在人不知、鬼不覺中，事情變成如此而已。不過，即使如此，那他到底自何時開始這麼做的呢？沒有人知道正確答案。

自古以來就這樣了——

人們只能如此說。

老人一天前來一次——然而，時間不固定。

有時是早上，有時是中午，有時是傍晚，有時是夜裡。

據說這老人行走時，口中總是念念有詞，不知在說些什麼。

「快走快走，不能遲到，嗨喲嗨喲。」

「走吧走吧，不能太快，嗨喲嗨喲。」

上坡和下坡時，速度都一樣。

不過有一點很奇怪。

凡是遇見這老人的人，他們描述的老人體型或容貌，均各執一詞。

有人說：「是個瘦瘠的老人。」

也有人說：「不，不，是個胖嘟嘟的老人。」

另有人說：「不對，不對，他不瘦也不胖，普通身材。」

沒有人知道正確答案。

但是，這老人確實一天一次從琵琶湖方向爬至逢坂山，再下坡前往京城。

二

那天夜晚——

蟬丸法師在逢坂山草庵彈琵琶。

他獨自一人坐在外廊[2]彈著〈啄木〉。〈啄木〉是傳自唐國的琵琶祕曲。

那晚，院子盛開的白梅，香氣特別濃厚。

蟬丸興致非常好，反覆彈著〈啄木〉。

2原文為「濡れ縁」（ぬれえん；nure-en），日式住宅邊緣的長臺，與外界以落地窗隔開，形同走廊，沒有牆壁與雨窗，一般是在基座上用板材簡易搭成。

彈著彈著，他覺得自己的心似乎溶入自己彈出的曲調中，逐漸往四方擴散解放。大概之前從未有過這種心境，他覺得自己的身體似乎變得透明，體內深處有某種極爲明亮的東西在照映自己。

蟬丸本來就是目盲之人，看不見任何事物，卻感覺有某種明亮物體在眼皮內擴散。

碰到這種情況，彈琴者若彈得太沉溺，很可能走火入魔，自動化爲妖物。蟬丸深知此理，於是在適當時分擱下琵琶。

四周靜謐無聲，院子的白梅香不時撲鼻而來。

此時——

「唔……」

蟬丸聽到類似呻吟的低沉聲音。

「唔……唔……」

「唔唔……唔……」

似乎有人因痛苦不堪而發出微弱呻吟。

怎麼回事？

蟬丸拄著拐杖走下外廊來到院子，順著呻吟聲方向走去。聲音正好傳自

梅樹根處。用拐杖探索，原來有人躺在該處。

蟬丸蹲下，擱好拐杖後，伸手觸摸，果然是人，正發出微弱呻吟。

「請問，您怎麼了？生病了嗎？」

對方沒有回應。

是不是有人來探訪自己，卻因急病身體不支倒在這兒了？蟬丸暗忖。

然而，蟬丸從來沒聽過那聲音。

倘若是認識的人，只要摸對方的臉，即能知道到底是誰。蟬丸伸手用指尖觸摸對方的臉，那張臉乾瘦得驚人。

他不認識對方。

有鬍鬚，看來是男人。

細長下巴似乎在發熱，既然用指尖可以感受到熱度，應該是倒地時撞到下巴，留下傷口了吧。

總之，蟬丸好不容易才把對方抬至草庵房內。

可是，第二天早上，那男人依舊昏迷不醒，而且不停發出微弱呻吟。問他叫什麼名字，他也無法回應。

如此過了一兩天，不知怎麼回事，男人的病情仍不見好轉。若是平時，住在附近的人每天都會給蟬丸送來白米、柴薪、鮮魚、蔬菜等，但偏偏那幾天竟沒出現。

雖然家裡有數天份的白米和柴薪，不用擔心斷糧，但奇怪的是，每次蟬丸打算出門到附近人家叫人來幫忙時，總是無法走出院子。每當他以爲走出院子時，又都回到草庵。

蟬丸束手無策。

難道是琵琶彈太久，招來妖怪，結果連累不相干的人？

假如能夠出門，蟬丸還可以去找安倍晴明商討對策，但既然不能出門，他也就毫無辦法。

——沒辦法。

蟬丸死心在家待了三天。

最奇怪的是那個病倒的男人。那男人從第一天起始終不吃不喝，但伸手觸摸，卻也沒瘦下，反倒似乎愈來愈胖。比起第一天，第二天、第三天時，對方的臉頰明顯多了些肉。

到了第四天，晴明和博雅不請自來了。

三

起初外面傳來腳步聲，繼而是人的動靜。

似乎有人進到院子裡。

「哦，這……原來……」

接著響起不勝欣喜的聲音。

那是蟬丸熟悉的聲音。

是源博雅的聲音。

「看來您平安無事。」

這是安倍晴明的聲音。

聽到晴明的聲音時，蟬丸鬆了一口氣。

不管招來了什麼東西，不管這幾天草庵內到底發生了什麼事，只要晴明到來，一切都能解決。

「是，好歹沒什麼事……」蟬丸答。

「博雅，你把腳踏上那樹枝無妨，但小心別折斷了盛開的梅花。」

晴明對博雅說。

「萬一折斷了，我就把樹枝帶回家，插在水桶裡養著。」

博雅的聲音傳自上方，從兩人的對話聽來，博雅大概正爬到梅樹上。

「博雅正在善後，事情應該即將告一段落。」

晴明的聲音在不遠處響起。

「可以了，晴明……」

當蟬丸聽到博雅的聲音時，隨即又聽到「唔……唔……」的聲音。

原來直至今日一直躺在床上的男人似乎坐起身了。

四

事情是這樣的。

三天前——

月亮突然不動了。

傍晚時分，本來應該出現在西邊天空的月亮，竟然失蹤了。

眾人均覺奇怪，到了半夜，大家才察覺一鉤新月掛在東方天空。

只是，從京城方向望去，月亮剛好掛在逢坂山附近的山頭，一動也不動。

有人打算前往月亮停止運行的方向，查看到底發生了什麼事，但是，即使判斷出月亮停駐的位置，也無法抵達該地。不知是否設下某種結界，總之，只要有人從某處往前邁步，那人便又會回到原處。

更奇怪的是，隨著日子一天天過去，月亮從新月轉成四日月、五日月，依舊停駐在山頭，一點一點逐漸膨脹。

最後，藤原兼家下令。

「能不能去看一下到底怎麼回事？」

於是晴明和博雅便來到蟬丸住處。

來了一看，月亮似乎停在蟬丸的草庵上方。但是，似乎有人設了結界，因此即使兩人想前往蟬丸住處，也無法踏進結界。

晴明解除結界後，來到蟬丸的草庵一看，原來月亮卡在院子裡的梅樹頂端高枝，無法動彈。

「所以博雅就爬上梅樹取下了月亮。」晴明道。

「反正月亮已經脹得差不多圓了，幾乎沒有地方可勾住樹枝。我以手指碰了一下，月亮就掉了下來，看那樣子，就算我不去碰，大概也會在今晚自己掉落吧。」博雅說。

此時，晴明和博雅已進屋，與蟬丸相對而坐。

那名白髮白鬚的老人正帶著一臉奇妙的表情，坐在屋內角落，拐杖擱在一旁。

這回輪到老人述說事情的來龍去脈。

五

這幾天給大家添了很大麻煩。

我名叫月驅道人，奉天帝之命，擔任守月職務，與月亮一起巡迴大地。

我的工作是守護月亮，並和月亮一起巡迴大地，如此不知已過多少寒暑。路過這逢坂山時，有時會聽到琵琶聲，極吸引我的心。我已經數不清到底有多少次想駐足聆聽個痛快。可是，我的工作不允許我如此做。

然而，三天前——

我聽到的琵琶聲極爲美妙，是至今爲止最悅耳的樂聲，於是我情不自禁

偷偷進入這間草庵的院子。

我本來打算只聆聽一會兒就離開，之後再催促月亮加快速度，如此便不會延誤任務。

不過，萬一被天帝發現此事，我不知將會受到何種處罰，於是我在這兒設下結界，躲在結界中聆聽琴聲。不料，蟬丸大人的琵琶聲太美妙了，令我忘了時間的流逝。

待我回過神來，才發現和我一起停駐此處的月亮，竟然卡在那棵梅樹的枝椏上，無法動彈。

由於月亮和我繫在一起，形同我的下巴也被勾在樹枝上，我的喉嚨被往上吊，連聲音也發不出來。

幸好晴明大人和博雅大人及時救了我。

雖然我不知道天帝將會如何處罰我，但只要想到那晚聽到的琵琶聲，我甘願接受任何處罰或斥責。

月驅道人深深低頭爲禮，再站起身。

「那麼，晴明大人，博雅大人，蟬丸大人，我告辭了……」

守月老人如此說後，轉身離去。

至於老人的下場到底如何呢？

據說，那以後仍有人在逢坂山遇見口中念念有詞的老人。

「快走快走，不能遲到，嗨喲嗨喲。」

「走吧走吧，不能太快，嗨喲嗨喲。」

看來，老人即使受到天帝斥責，處罰應該也沒有太嚴重吧。

天帝大概也很欣賞蟬丸的琵琶聲吧。

夜光杯と女

一

櫻花已開始靜靜飄落。

櫻花花瓣在春日陽光中，一片接一片無聲無息地四處飛散開來。花瓣映著從樹梢間射下的陽光，閃閃發光，彷彿有無數小飛天在半空飛舞。

「晴明啊……」

源博雅端起蜜蟲剛斟滿的酒杯，嘆了一口氣說。

「雖然每年春天都會看到同樣的景色，但無論看多少次，無論看多久，我總是看不膩……」

晴明和博雅坐在安倍晴明宅邸的窄廊上，已對飲了一陣子。

盛開的櫻花於三天前開始飄落，大概從今天起，即便不起風，花瓣也會接二連三地離開樹枝。

「我就是想在櫻花落盡之前過來喝酒。」

中午過後，博雅提著酒瓶來找晴明。

直到此時，已過了一個多時辰。

「博雅，因爲你觀看的是時光。」

晴明對著一飲而盡的博雅說。

「時光？」

「嗯。」

「等等，晴明，我觀看的是櫻花花瓣，怎會變成在觀看時光呢？」

「人們看不到風。」

「唔。」

「但是，人們看到草或葉子在搖動時，等於看到風。」

「唔，嗯。」

「人們看不到時光。」

「唔，唔。」

「但是，看到飄逝的東西時，等於看到時光。」

「飄逝的東西？」

「也可以形容爲移動的東西。」

「唔……」

「人們只能憑藉觀看移動的東西，來估計時光的流逝。時光棲宿在移動

的事物中。觀看花和觀看河川，道理都一樣。花和河川一樣，都是會移動、會流逝的事物。時光正是潛藏在這些會飄散、會流逝的事物內。」

「時光潛伏在這些事物內？」

「是的。舉例來說，飄散的櫻花花瓣中，就潛藏著好幾種時光。」

「……」

「一是花瓣離開樹枝，直至飄落地面的這段時光。一是冬天過去，直到春天再度來臨的時光。還有櫻樹本身的壽命，至今為止所有花開花謝歲月的時光……最後，我們觀看飄落的櫻花花瓣時，只要思及自身之事，我們也可以從中看到自己的時光。」

「自己的時光？」

「就是說，你能夠看到源博雅這個存在，以及至今為止到底活過多久的，自己的時光。」

「等等，等等，晴明。」

「怎麼了？」

「你是不是在哄我？」

「我沒有哄你。我有必要哄你嗎？」

「不，即便你不是存心哄我，可是你好像故意把話說得很複雜，令我的頭腦亂成一團。」

「那眞是很抱歉。這個嘛，等於是我的一種老毛病。我總是在各種事象中追尋其原理。只要追尋……」

「我說的正是這個，你看，你又打算對我說這種難懂的道理……」

「確實如此。」

晴明苦笑，繼而搔著頭，又說：

「那我們聊聊別的。」

「別的？」

「有件東西，我打算等你來了後拿給你看。」

「什麼東西？」

「蜜蟲，妳去拿來……」

晴明說畢，蜜蟲便站起身，隨即消失蹤影。

過一會兒，蜜蟲又回到原位。

蜜蟲手上捧著個桐木小盒子。蜜蟲坐下後，將小盒子擱在博雅面前。

「這是什麼？」

「博雅，你打開看看。」

聽晴明如此說，博雅打開盒子，裡面裝著個用錦緞裹住的東西。博雅卸掉錦緞，出現一盞酒杯。

是盞有光澤的黑色酒杯。

博雅用右手手指夾著杯腳，端起酒杯。

「這是……」

「是夜光杯。」晴明道。

博雅舉起酒杯，迎著庭院的亮光觀看。

「是星辰……」博雅發出陶醉的歎聲。

酒杯的黑色杯身透出點點淡綠亮光。原來黑色杯體中隱隱摻雜著既像淡青又像綠色的豔麗玉石之色。

「太美了……」博雅歎道。

「我想讓你看的，其實不是這個。」晴明說。

「那麼，是什麼？」

「你先喝吧，博雅。」

晴明把酒注入博雅端著的夜光杯內。

「假如辦得到，我很想注入葡萄美酒，可惜那酒很難入手。就用三輪產的酒[1]將就一下吧……」

「說什麼將就，對我來說，三輪產的酒已經心滿意足了。」

博雅邊說邊端起酒杯，啜飲了一口，再緩緩吞下。

「好酒。換了酒杯，似乎連酒味都變了。」

博雅擱下酒杯後，和晴明聊了一陣子，之後不經意望向庭院。

「喂，晴明……」博雅望著院子問：「那人是誰？」

「什麼意思？」

「就是那個身穿唐服，站在櫻樹下的人。」

「你看見了？」晴明微笑道：「博雅啊，我剛才說想讓你看的，正是那人。」

接著又道：

「博雅，你仔細看好，那人不是這世上的人。」

「什麼!?」

博雅目不轉睛望著站在櫻樹下的女子。

那女子身穿唐式服裝，肩膀至手臂披著一件類似薄絲綢的衣物[2]。

---

1 三輪山位於奈良縣櫻井市，奈良盆地東南方，自古為日本自然信仰崇拜之聖山，此處的清水是聖水，釀造出的酒是美酒。

2 為中國唐代流行之婦女配飾「披帛」。用銀花或金銀粉繪花的薄紗羅製成，披搭肩上（或一端固定在半臂的胸帶上），盤繞於兩臂間。

望了一會兒，博雅發現離枝的櫻花花瓣，穿過那女子的身體。

「果、果然是……」博雅自言自語。

「明白了嗎？博雅。」

晴明伸手端起自己已盛滿酒的酒杯。

女子無言地望著博雅，表情看似很寂寞，又似悲痛欲絕。

「晴明啊，那女子到底是誰？」

「是備受唐明皇寵愛的楊玉環娘娘……」

「什、什麼……」

博雅過於驚訝，啞口無言。

楊玉環——正是著名的楊貴妃。

楊玉環本爲唐玄宗之子壽王的王妃，玄宗卻對她的美貌太過傾心，便從兒子手中奪走楊玉環，冊封爲自己的貴妃。

玄宗和貴妃年紀相差三十四歲——玄宗沉溺於此女子的美色，怠於政務，天下大亂，最後引起叛變，玄宗和貴妃從長安出逃，前往蜀中。

途經馬嵬驛時，隨行將士突然發動兵變。

「今天下大亂，均爲楊玉環所致。倘若不殺楊玉環，我們無法再跟隨陛下。」

將士如此要求玄宗。

玄宗無可奈何，流淚應允，命太監高力士殺死貴妃，因此楊玉環年紀輕輕才三十八歲，就被賜死在附近的佛堂內。

白樂天將此故事寫成長篇敘事詩〈長恨歌〉，在當時已傳入日本，博雅當然也讀過這首詩。

「不可能吧……」

也難怪博雅會如此自語。

畢竟自晴明和博雅這個時代算起，楊貴妃的故事發生在兩百數十餘年前。

「你怎麼知道那人正是她？」博雅當然作如是問。

「是她告訴我的。」

「什……」

博雅張口結舌了一會兒，繼而說：

「晴、晴明，這到底是怎麼回事？你說清楚一點。」

晴明點頭，飲盡杯中酒，道：「好。」

然後擱下酒杯。
事情的來龍去脈如下。

二

據說，藤原成俊家出現了一名女子。
那女子並非每天出現。
也並非固定在白天或夜晚出現。
有時在白天出現，有時在夜晚出現。雖然夜晚出現的次數較多，但有時在明亮陽光中也會看見那女子。
年紀大約三十歲。
有時看上去更老，不過有時看上去更年輕。
姿色很美。
無論在白天陽光中出現，或在夜晚黑暗中出現，她全身總是微微發亮。
成俊最初以爲可能是某家女子不知不覺間進到家中，但沒多久，他便明白原來並非如此。

因爲那女子全身透明，可以看到女子背後的風景。

成俊向家人提起女子的事，眾人都說沒看見。原來只有成俊一人看得見。因此，成俊不再提起女子的事。然而，成俊並非就此看不見女子。他依舊看得見那女子。

女子只是出現在那兒，站在該處默默凝視成俊而已。

雖然女子不會做出任何壞事，依舊令成俊耿耿於懷。某天，成俊在宮中偶遇賀茂保憲，便找保憲商討對策。

保憲是晴明的師傅賀茂忠行的兒子，與晴明同樣是陰陽師。

「務必請您……」

成俊如此乞求，賀茂保憲便前往成俊家。

保憲在成俊宅邸和庭院繞了一圈後，進入裡屋。

「應該是這個。」

保憲拿起擱在架上的小盒子，問成俊：

「這是什麼？」

「是夜光杯。」成俊答。

打開盒子，裡面出現一盞夜光杯。

「這是怎麼來的？」

「是我家祖傳的。聽說這是阿倍仲麻呂[3]的遺物，是當時擔任大使的先祖藤原葛野麻呂，於大同元年[4]自大唐歸國時帶回來的……」

「貴府最近使用過這盞杯子嗎？」

「是。大約兩個多月前起，我偶爾會用這盞杯子飲酒。」

「是嗎？」

「在這之前，我完全不知曉這盞杯子很貴重，兩個多月前偶然發現這杯子後，就開始用這杯子飲酒……」

「是不是您用了這杯子飲酒以後，那女子才出現的？」

「唔，您這麼一說，確實如此……」

「那女子是附在這杯子之物。」

「這……」

「我建議，既然對方是位美女，又不會做出任何壞事，您就任她去吧……」

「不。雖然她沒做任何壞事，我總覺得有點可怕。最好不要讓她出現。您能不能設法讓那女子不出現……」

3 六九八—七七〇年。出身日本的唐朝政治家、詩人，字巨卿。由於才德兼備，詩文俱佳，獲唐玄宗賞識，後被任命為祕書監，賜名晁衡，經常在御前侍奉。

4 西元八〇六年。

「這倒是辦得到……」

保憲歪著頭思索了一會兒。

「既然如此，這件事交給晴明辦比較合適。您把這杯子送到土御門大路的晴明宅邸，拜託他幫忙，我想，他會設法解決此事的。」

保憲對成俊如此說。

三

「原來如此，原來有這種事。」

博雅輪流望著晴明和櫻樹下的楊玉環，頻頻點頭。

「狡猾的傢伙……」晴明低語。

「狡猾？」

「我是說保憲大人。他自己無所不能，但每次碰到麻煩事，就老是硬推給我……」

說保憲總是這樣，也確實是這樣。

「不過，爲什麼玉環娘娘會附在這盞夜光杯上呢……」

「博雅，如果你有疑問，你自己直接問本人不就好了……」

「我？」

「嗯。你喝下這盞杯子所盛的酒，而且微醉時可以看見對方，既然如此，只要你有心，應該也可以與之交談。」

聽晴明這麼說，博雅再度望向櫻樹，只見楊玉環那孤寂的脣角似乎露出微笑。

「這、這麼遠，她聽得到嗎？」

博雅剛說畢，楊玉環已自櫻樹下消失蹤影，不知何時，竟坐在博雅身旁。

「您想問什麼都請便……」

楊玉環的聲音微弱得像風。

「妳、妳會說日本話？」

「我跟隨這盞杯子來到此國度已有一百數十年了，這期間我聽過無數人談話，多少會一點……」

雖然口音稍微帶著唐國腔，但無論語氣或發音，楊玉環說的都是正確日語。

「妳爲什麼附在這盞杯子上呢？」博雅柔聲問。

「這……」

楊玉環垂下眼簾，默不作聲。

「如果妳不願意，不說也無妨。」

「不，」楊玉環微微搖著柳條般的細頸，「我願意說。」

她抬眼望著博雅。

那是雙晶瑩得令人心跳的大眼睛。

「安祿山之亂時，我們離開長安，打算逃往蜀中……」

「我知道。」

「我們逃至馬嵬驛時，將士們造反，我的姊姊們與哥哥都被殺死了。」

正如貴妃所言，貴妃的兄姊都在馬嵬驛遭將士殺死，頭顱也被砍下。將士們將頭顱刺在長矛尖高高舉起，逼迫玄宗皇帝賜死貴妃。

「太殘酷了……」

博雅忍不住淚珠盈眶。

此事說起來，責任不在貴妃身上。

是玄宗沉溺於貴妃的姿色，不問政事，再說貴妃本爲玄宗之子壽王的王

妃。

當時太監高力士如是說：

「將士們已經如此殘忍地殺死貴妃娘娘的親人。即便貴妃娘娘此刻說願意原諒他們，他們也絕不會忘掉此事。只要貴妃娘娘仍待在皇上身邊，將士們便會終日提心吊膽，擔心貴妃娘娘不知何時會再提起這事，繼而處罰他們。只要貴妃娘娘活在這世上，將士將永無心安之日。」

高力士說的有理。

「那時，皇上喚來阿倍仲麻呂大人，問他有沒有辦法讓我自馬嵬驛逃脫，再帶我前往倭國。不過，這在當時根本難以辦到。」

「後來呢？」

「結果，我命中註定只能死在馬嵬驛。」

「可是，妳現在不是身在日本嗎？」

「是。」貴妃點頭。

「事情爲什麼會變得如此……」

「是皇上……」

「玄宗皇帝？」

「皇上用這盞夜光杯飲下我的鮮血。」

「貴妃娘娘的鮮血!?」

「我死了之後，皇上割開我的喉嚨，用這盞杯子接了鮮血……」

「什麼!?」

「接著，皇上說，『噢，仲麻呂呀，晁衡呀，你把這杯子視爲貴妃的遺物，日後你回國時，一起帶走吧……』」

此時，發生了不可思議的事。

因爲貴妃說著說著，聲音和外貌竟逐漸產生變化。

「……噢，貴妃啊，我深深愛著妳……」

聲音變成男聲。

不僅如此，貴妃本人也在不知不覺中化爲男人身姿。

「我仲麻呂在華清宮不知窺視了幾次妳和皇上親睦的光景。啊，我深深愛著妳。比任何人都愛妳，比任何人都愛妳[5]……」

博雅情不自禁縮回身。

「你、你到底是誰？」

「我是日本國的阿倍仲麻呂。是那個很想念日本國、很想念日本國，終

5 日本多處傳說版本不一，有說楊貴妃最後與阿倍仲麻呂等遣唐使一起自安史之亂逃出，東渡日本，覲見當時孝謙女天皇，並有多處貴妃墓。

因思鄉之情而死的仲麻呂啊[6]……」

變化爲男人身姿的貴妃，雙眼淚如泉湧。

「嗚呼！」

「噢！」

同時發出男聲和女聲的貴妃，起身舞至庭院，盤旋起來。

「這是霓裳羽衣曲。」

「是妳跳過的曲子。」

「是我舞過的曲子。」

「噢！」

「噢！」

貴妃不時發出男聲和女聲，在櫻樹下婆娑舞著。

她在舞著。

「晴、晴明，怎麼回事？她到底是楊玉環貴妃娘娘？還是阿倍仲麻呂大人？」

「可以說兩者都是，也可以說兩者都不是。兩人本來都死在大唐國……」

「那、那，眼前的是什麼東西!?」

---

6 阿倍仲麻呂原於西元七五三年搭船欲返日本，途遇風暴，幾經波折，七五五年回返長安卻又遇安祿山之亂起，往來中日之路已變得相當危險，他自此打消返日念頭，最後死於長安。

「是附在這盞夜光杯上的兩人的感情和執著……」

「那、那，玄宗皇帝用這夜光杯飲下貴妃的鮮血是……」

「應該是事實吧。而且他把夜光杯託付給仲麻呂大人保管，也是事實吧。」

晴明還未說畢，在櫻樹下舞蹈的人影又出現第三個人格和外貌。

「噢，貴妃啊，貴妃啊，寡人當初爲何要命人殺死妳呢……」

人影口中發出詛咒般的沙啞聲音。

「寡人怎麼做了這種事，怎麼做了這種事……」

人影變爲老人，正在流血淚。

「您確實愛過我……」

那物事再度化爲女人身姿說。

「然而，您更愛另一個人。那個人正是您自己……」

「噢！」

這回變成玄宗的樣子。

「噢，貴妃啊，貴妃啊，我很想和妳一起回日本國。」

說話的是仲麻呂。

三人的身姿纏在一起，在花瓣紛紛飄落的櫻樹下不停舞著。

「晴、晴明，我們該怎麼辦？」

「隨他們去。」

晴明望著依次化爲三人身姿不停翩舞的人影，一邊從容不迫地舉杯啜飲。

「那東西正是這種存在。三人的靈魂已經不在這裡。不過是他們的執著在這裡翩舞而已。可能只有執著附在這盞杯子上，從遠方被帶到日本國吧。」

晴明正說著，眉清目秀的賀茂保憲飄然出現在庭院中。

「哇，原來已經掉了不少了。時間過得眞快，晴明。幸好趕上了。」保憲道。

「保憲大人，您爲何來此地？」

「我是來看熱鬧的，看你打算怎麼處理那東西。」

「我沒有插手，自然而然就變成這樣。」

「自然而然？」

「可能因爲博雅大人出乎意料溫柔地問了話，結果三人全出現了……」

「你說什麼?晴明，你是說，這是我做的?」
「應該是。」
「什、什……」
「他們大概第一次遇見像你這麼無私的人問他們話，所以才會如此慌了手腳。」
「什麼!?」
博雅語聲未落，纏在一起的三人身姿已浮在半空。
明明沒有風，花瓣卻撲簌簌自枝頭飄落。
花瓣似乎發出轟隆聲般不停飄落，落英繽紛中，三人的身姿纏在一起，逐漸升上天去。
「太厲害了，博雅……」晴明低語。
花瓣和貴妃逐漸升往青空。
仲麻呂的身姿在閃閃發光的花瓣中舞著。
玄宗在高空的風中舞著。
天空中只剩下花瓣。
「博雅，你實在很厲害。我本來打算設法將這盞杯子占爲己有，結果竟

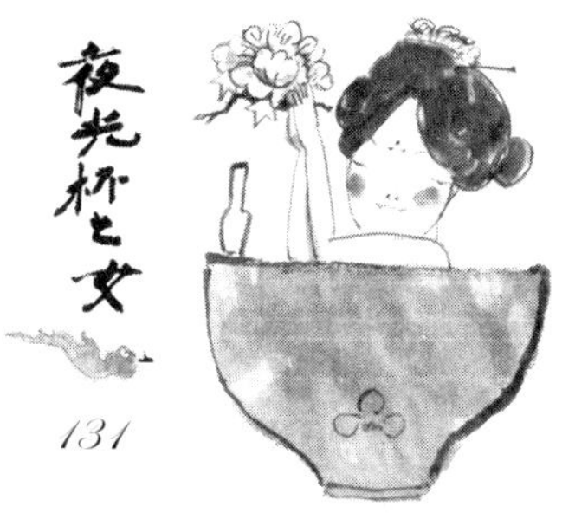

因爲你，那三位大人都升天了。」

「升、升天……」

「沒錯。」晴明苦笑。

「晴明，這表示世上沒有任何事物能比得過無私。」

保憲笑著說。

「這盞杯子已經成爲普通的夜光杯了。看來只得將它送還給成俊大人。」

「就這麼辦吧。」晴明答。

博雅仍一副莫名其妙的表情，呆呆望著仍有兩三片花瓣在飄舞的半空。

夜光杯孤零零地挺立在博雅面前的窄廊上。

治痛和尚

一

中午起，藤花即在飄香。

明明沒有起風，藤花香卻能飄至此處，可見空氣中已飽含相當濃厚的藤花香。

「這樣根本無須喝酒，光聞花香就好像已經醉了。」

源博雅閉著雙眼說。

他坐在安倍晴明宅邸的窄廊上。

身穿白色狩衣的晴明，支起單膝，背倚柱子，正在眺望庭院。

庭院的藤花已伸長，藤蔓不但纏上松樹樹幹，甚至攀爬至枝杈，並垂落好幾串看似沉重的藤花。

博雅坐在晴明對面，右手端著空酒杯，閉著雙眼。

「是嗎？你不要喝酒嗎？」

晴明轉頭吩咐身旁的蜜蟲：

「喂，博雅說不必倒酒了。」

「喂，晴明，我什麼時候說不必倒酒了？」
博雅慌忙睜開雙眼。
「剛才。」
「我沒說。」
「說了。」
「我只說了光聞花香就好像已經醉了這句……」
「不，前面還有一句。」
「我沒說。」
「吵來吵去爭論有說、沒說，也沒意思。你就喝吧。」
晴明剛說完，蜜蟲即抬起手中的酒瓶往博雅的杯子倒酒。
博雅端著杯子，看似很不服氣地瞪著剛盛滿的酒。
「怎麼了？」
「沒什麼。既然有酒可喝，我當然沒話說，只是，剛才那個有說、沒說的問題還沒解決，你就要我喝這杯酒，我總覺得好像嚥不下這口氣。」
「你就喝吧，博雅。」晴明微笑道。
晴明只不過微微翹起脣角，就令人覺得彷彿沉入那道笑容中。

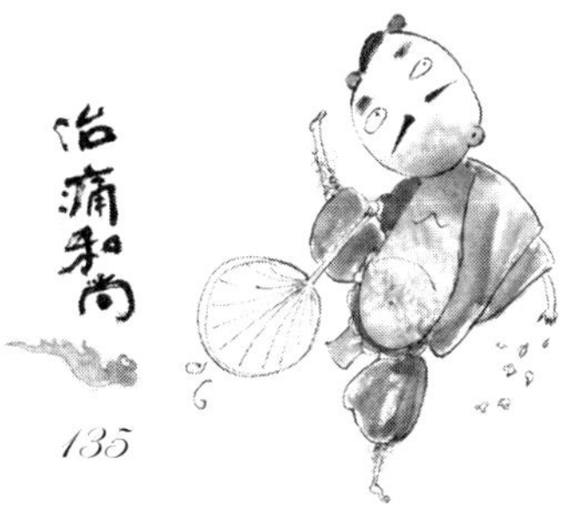

「嗯，我喝。」

博雅下定決心般將杯子舉至嘴邊。

把空酒杯擱回原處時，不服氣的表情已自博雅臉上消失。

「對了，晴明……」

「什麼事？」

「有關高山那位正祐法師的事，你聽說了嗎？」

「如果是前些日子治癒皇上疾患的那位正祐法師，我倒是聽說了……」

「你果然有耳聞。」

「正祐法師怎麼了？」

「明天他將來我家。」

「是嗎？那又怎麼了？」

「他說，想聽我吹笛。我本來向對方說，不用麻煩他特地前來，我會主動去拜訪，結果正祐大人說，想聽笛聲的人是他自己，應該是他主動過來，所以明天他將來我家……」

「是嗎？」

「是那位正祐法師要來我家吶。我必須在今晚把所有曲子都練習過一遍。」

也難怪博雅會雙眼發光地說這句話。因爲正祐法師只施行了一次法術，便讓天皇的疾病痊癒。

大約半個月前，天皇說自己腹痛。

二

天皇在半夜因腹痛醒來。

夢境中，地獄鬼卒追著天皇，用類似長矛的武器不停刺入天皇的肚子。

「痛啊！痛啊！」

天皇情不自禁叫出聲，在被褥內醒來。待回過神來，才發現肚子眞的在痛。而且是劇痛。痛得宛如胸口被塞入異物。

「來人啊！」

天皇滿頭大汗地叫人來，隨即喝下止痛藥，卻不見效。

是昨晚吃的東西出了問題？或是腹部有什麼蟲在鬧事呢？

第二天早上，腹痛不見轉好，過了三天仍在痛。

因爲腹痛，天皇站都站不起來，連飲食和排便也力不從心。爲了忍耐痛苦，天皇耗盡所有精氣。

第四天，宮裡請來法師進行法術，但天皇依舊痛個不停；第五天，請來五名和尚，進行了五壇御修法[1]。

所謂五壇御修法，意指在五壇供奉五大明王，祈禱以求袪除妖魔、消災解厄的密教修法。

中壇供奉不動明王，東壇供奉降三世明王，南壇是軍荼利明王，北壇爲金剛夜叉明王，西壇則是大威德明王，各壇均由一名阿闍梨[2]負責施法，總計五名同時進行。

這場儀式是威力最強勁的御修法。

廣澤的寬朝僧正負責中壇，金剛夜叉的北壇由叡山的余慶律師承當。

寬朝僧正在此系列故事中已出現過幾次。

他是住在廣澤遍照寺的僧人，曾經把手持大刀的強盜一腳踢至半空，不僅法力高強，也力大無比。

某次，晴明前往遍照寺拜訪寬朝時，正好有幾位公卿和年輕和尚在場，晴明應了他們的請求，扔出柳葉擊碎庭院的蟾蜍，這段逸聞非常有名。

---

1 「御修法」為日本佛教用語，指日本之修持密法，及修持密法之法會。

2 梵文為Acharya，原為古印度教之導師，後為佛教採用，作為出家衆對其師長之稱，與和尚、喇嘛意義相近。

余慶律師的逸話也很有趣。

某日，有個來自震旦，法力高強的天狗[3]，名叫智羅永壽，來到日本國天狗住處。

震旦即中國，在此表示唐國。

智羅永壽對日本天狗說：

「震旦也有不少法力高強的僧人，卻都敵不過我。我盡情地調戲他們、教訓他們，讓他們吃了不少苦頭，但失去了旗鼓相當的對手後，我反倒覺得很無聊。所以特地前來想找日本國的僧人玩玩，您可知哪裡有好玩的對手？」

「哦，這聽起來很有趣。既然如此，你隨我來。」

日本天狗飛向空中，抵達比叡山，再降落。智羅永壽也並肩而行。兩人降落在大嶽的石製卒都婆[4]附近。

「因爲大家都認得我，我必須躲在附近山谷偷看，你待在這裡，只要有僧人路過，無論對方是誰，你儘管去調戲他們。」

「明白了。」

智羅永壽化爲一名老法師，蹲在石製卒都婆一旁。

---

3 日本傳說中的一種妖怪，如人形，紅臉長鼻子，背上有翅膀。

4 「舍利塔」、「佛塔」之意，代表墳塚、墳墓、墳丘、骨灰堆、佛骨塔等。

不久，有名乘坐手抬轎子的僧人下山。

日本天狗以爲震旦天狗會玩什麼把戲，期盼地偷偷觀看，但什麼事也沒發生，僧人平安無事地路過了。

日本天狗覺得奇怪：到底發生了什麼事？他來到卒都婆附近一看，卻不見智羅永壽的身影。找了一陣子，才在南方山谷樹林中發現屁股朝天、全身怕得顫抖不已的智羅永壽。

「怎麼回事？你怎麼沒出手？」日本天狗問。

「不行，那個不行。那個太可怕了。」羅智永壽說。

「到底怎麼回事？」

「那個不是人。乘坐在手抬轎子上的是不動明王的熊熊火焰。要是我出手搞怪，肯定會被燒死。」

智羅永壽渾身打著哆嗦。

「那人到底是誰？」

「是比叡山千壽院的余慶律師。」

據說，日本天狗當時如此作答。

三

五名僧人中，一名是寬朝僧正，另一名是余慶律師——不愧是法力無邊的僧人，他們一行法術，皇上的肚子就不痛了，疾病看似痊癒。

然而，這五名僧人一旦撤走，皇上又會開始叫痛。

「唔……」

「唔……」

天皇大喊大叫。

唔……

唔……

啊……

五名僧人只得再度前來施行修法，而皇上也會當場止痛。可是，五名僧人離去後，皇上的腹痛又開始發作。

這到底是怎麼回事？

此時，登場的正是高山的正祐。

也不知是誰先說起的，總之有人說，事情既然到了這種地步，不如去找高山的正祐僧都試試看。

正祐僧都法力高強，最近在京城很有名，據說只要請他施法，無論什麼病，均能當場痊癒。

皇上便命人前往高山傳喚這位僧人進京試試。

高山是指奈良的香具山。

正祐進京時，發生了一件不可思議的事。

據說，他從奈良前往宇治時，天上紛紛飄下各式各樣的花瓣。這些花瓣中摻雜著閃閃發光的金粉。

抵達宮裡後，正祐立即施法，皇上也當場止痛了。

不過，眾人仍擔憂只要正祐停止施法，皇上可能又會叫痛，於是戰戰兢兢地觀察皇上的病況。不料，這回皇上沒有再度叫痛。正祐完全治癒了皇上的腹痛病。

這位正祐僧都，仍待在京城。

博雅對晴明說「明天會來聽我吹笛」的，正是此人。

「有關這事……」晴明對博雅說。

「這事？」

「我是說正祐大人。既然正祐大人預計明天將前往你家，你就順便幫我一個忙吧。今天聽說你要來時，我就打算拜託你這件事了。」

「什麼事要我幫忙？」

「我要你明天腹痛。」

「腹痛？」

「嗯。」

「可是我肚子不痛啊。」

「不是，我知道你肚子不痛。我是要你假裝肚子痛。」

「假裝？」

「明天，正祐大人到了時，你讓下人這麼說……」

——今日，博雅主人突然腹痛，沒法吹笛給正祐大人聽。因而我們想拜託大人一件事，能不能請大人施法治癒我家主人的腹痛？——

「你就讓下人這麼說。」

「爲什麼？我爲什麼要這麼做？」

博雅說這話時，蜜夜前來通報。

「余慶律師大人和寬朝僧正大人來訪。」

「哦，來得正是時候。既然兩位大人來了，接下來我們就和兩位大人繼續談這件事……」

晴明對仍一頭霧水的博雅如此說。

四

「這事很可疑。」晴明道。

「嗯，很可疑。」寬朝僧正說。

「確實很可疑。」余慶律師點頭。

寬朝僧正和余慶律師都坐在窄廊上，四人此時正在交談。

「畢竟天上飄下了花瓣。」寬朝僧正微笑道。

「而且還降下金粉，威力更大了。」余慶律師也微笑道。

「聽說，花瓣都是眞正的藤花、荷花與紫菀？」晴明問。

「不是還聽說連金粉也是雲母片嗎？」

「而且據說在伏見附近才停止飄落。」

「很可疑。」
「很可疑。」
寬朝僧正和余慶律師互望著對方的臉，笑了出來。
「到底是什麼事？聽兩位大人和晴明此刻所說，意思是那位正祐大人很可疑嗎？」
「嗯。」
「正是。」
兩人點頭。
寬朝僧正用手指搔著頭，接著說：
「可是，再怎麼可疑，我們也不能出面說破。」
「如果我們說出這種話……」
余慶律師撫著臉頰接道。
「沒有人會相信嗎？」晴明問。
「嗯。」
「眾人會以爲我們不服輸，結果這事會逐漸偏離正題。」
「因此，兩位大人要我出面？」

「嗯。」

「唔。」

兩人同時點頭。

「我就知道會如此，所以方才我也對博雅大人提起這事……」

「是嗎？」

「聽說那位正祐大人爲了聽笛曲，明天將前往博雅大人宅邸。」

「然後呢？」

「我打算讓博雅大人到時突然腹痛，不要吹笛，我正在拜託他幫忙此事時，剛好兩位大人到臨。」

「哦，假裝腹痛……」

「原來如此，這下有戲可看了。」

寬朝僧正和余慶律師都笑嘻嘻地點頭。

「喂，喂，晴明，我完全聽不懂你們在說什麼。到底是什麼意思？」博雅問。

「沒什麼意思，你就照辦吧。」晴明不讓博雅說完。

「突然腹痛……」

「妙計，妙計……」

寬朝僧正和余慶律師仍是笑嘻嘻地點頭。

五

博雅在垂簾內呻吟。

「痛啊……痛啊……」

啊……

唔……

有時會發出忍住疼痛的呻吟。

「哦……」

正祐坐在垂簾外，手指掐著念珠，一心一意正在念經。

爲了聽博雅吹笛，正祐特地造訪，聽說博雅突然腹痛的消息後，不得不答應爲博雅施法。

中午前，正祐就開始吟唱各式各樣的經文和眞言，一直念到中午過後，博雅的病狀依舊不見好轉。

正祐的聲音愈來愈大，額頭也浮出汗珠。

此時——

地板下突然傳出狗吠聲。

嘎巴！

咕嘟！

繼而傳出某種東西在地板下劇烈打鬥的聲音。

過一會兒，外邊又傳來聲音。

「是這小子！」

「這小子躲在地板下！」

原來是博雅宅邸家僕的聲音。

這時，正祐再也顧不得施法，起身到外面一看，只見博雅的家僕們圍成一圈，中央正是晴明、廣澤的寬朝僧正和余慶律師三人。

「啊！」

正祐大叫，打算逃跑，但眾人於事前似乎已說好，隨即有十數人圍攏過來，抓住了正祐。

六

晴明腳邊有隻白狗，口中咬著一隻修行者打扮的東方鵟[5]。

鵟鳥頭上裹著頭巾，右翼持羽毛團扇，腹部被狗咬住，正在啪嗒啪嗒地微微振翅，看來想逃也逃不掉了。

「是這小子。這小子躲在地板下用羽毛團扇往上搧風。」

其中一個家僕說。

這時，有人帶著被逮住的正祐僧都過來。

「讓皇上腹痛的人，是你吧？」晴明問。

正祐法師默不作聲。

晴明轉身面對鵟鳥，再度問：

「怎樣？」

鵟鳥垂下頭承認。

「我用左手搧這把團扇，讓人腹痛，只要停止搧團扇，便會止痛。反之，用右手搧團扇的話，眞正的腹痛也會痊癒。我正是用這把團扇令皇上腹

5學名*Buteo japonicus*，原文為「糞鴟」（くそとび：Kusotobi），鷹科（Accipitridae）鳥類。

痛的……」鷲鳥說。

「是誰命你如此做？」

「是那個正祐僧都命我做的。」

眾人的視線全集中在正祐身上。

「到底怎麼回事？」晴明問。

正祐默不作聲。

鷲鳥則一副聽天由命的樣子：

「我是三年前自震旦飛到你們這日本國的天狗，名叫智羅永壽……」

鷲鳥說。

「剛從震旦飛到日本國時，我碰到這位余慶律師，當時對他無法可施，我沮喪得很，恰好那時和這位正祐相遇。」

「之後呢？」

「正祐非常崇拜我，而且貪婪無厭。他以前就很想上京傳播自己的名聲，遇到我之後，他的心願更加強烈。前些日子，我們商議好用這把羽毛團扇在皇上被褥的地板下搧風，我照辦了。」

智羅永壽如此坦承。

晴明等人望向正祐，正祐才下定決心似地開口。

「他說的沒錯。」

正祐點頭。

「京城的僧侶很得愛戴，有事沒事就受到百般奉承，很久之前，我就極爲羨慕他們。因此我才篤信這天狗。某日，智羅永壽用手中的羽毛團扇搧我，一會兒讓我腹痛，一會兒又讓我止痛……」

——你看，只要有這把羽毛團扇，便能做出這種事。你想不想用這把扇子去震嚇一下京城那些和尚？——

據說，智羅永壽當時如此說。

「於是，我決定讓天狗用這把團扇在京城出名，便讓他在皇上被褥的地板下搧風，令皇上腹痛，又令皇上止痛。」

「寬朝大人和余慶大人他們施法時，皇上當時爲何止痛了？」晴明問。

「如果讓兩位大人和其他人共同施法，皇上仍不止痛的話，我們的計謀便會被拆穿，所以只在五名法師進行法術時，我讓智羅永壽停止搧團扇，暫且逃到天空。只要沒人發現智羅永壽的存在，即便兩位大人法力無邊，認爲此事可疑，也沒法揭開皇上腹痛的原因……」

正祐答。

「我沒法和他們正面較勁。所以避開競賽，只趁他們不在時，讓天狗搧團扇，藉此讓他們丟盡面子。」

聽到此話的人都點頭暗道原來如此，只有博雅出聲問：

「寬朝大人和余慶大人他們都說，天上飄落花瓣、降下金粉這事很可疑，這到底是怎麼回事？」

「博雅大人，所謂祥瑞，本爲天上之氣凝聚一處，降於該人身上之事。祥瑞一旦降至地面，遲早都會消失。」

「這回的祥瑞卻是眞正的藤花和荷花花瓣，而且始終殘留地面，這就間接說明了是有人在天上灑這些花瓣。我想，應該是智羅永壽在上空玩的把戲……」

寬朝和余慶交互說。

「是的。」

智羅永壽在白狗口中俯首承認。

「那麼，爲什麼在伏見附近停止落下了呢……」

「應該是事前準備好的花瓣和金粉之類的假祥瑞，在伏見附近剛好用光了吧……」晴明道。

七

讓白狗放開口中咬著的鵟鳥後，鵟鳥即化身爲天狗，一直線往上飛，不久便消失蹤影。

正祐本應被判死罪，但寬朝說：

「你走吧。」

正祐垂頭喪氣地離去。

晴明拾起落在地面的羽毛團扇，問道：

「這個，該怎麼辦？」

「就當作你出面幫忙的謝禮吧。就收下這把團扇，如何？」

「是啊，就這麼辦。」

寬朝和余慶都如此說。

「可是，這回眞正幫上大忙的人是博雅大人，這把團扇應該送給博雅大人……」

晴明遞出手中的羽毛團扇。

「不，我不要。萬一我不小心拿這把團扇搧了自己，我不是會腹痛嗎？我才不要呢。」

博雅慌忙搖頭。

「那麼，我就收下吧。」

晴明再度恭敬地捧著團扇致謝。如此，天狗的羽毛團扇便留在晴明手邊了。

大聖

一

白雲漂浮在梅雨期過後的天空中。

蟬聲此起彼落。

夏天剛開幕。

晴明和博雅坐在窄廊，正在喝酒。

屋簷下正好有塊陰影，令庭院反射的陽光不會太耀眼。

不冷不熱的風適當地拂掉肌膚上冒出的汗。

晴明穿著寬鬆的白色狩衣，背倚柱子觀看庭院。

庭院宛如原野。

鴨跖草。

羅漢柏[1]。

蕺菜。

各式各樣的野草繁密茂盛。不過，這些野草似乎並非完全自生自滅，因為庭院看上去並不荒蕪。草叢間可見讓人行走的踏腳石，順著這些踏腳石可

---

1 學名 *Thujopsis dolabrata*，原文為「檜葉」（ひば：Hiba），柏科（Cupressaceae）常綠針葉樹。

以抵達庭院的池子。

池子附近的繡球花開著淡紫色花朵。

酒杯空了時，蜜夜會分別往兩人的杯子斟酒。

擱在窄廊的盤子上，盛著鹽烤的鴨川香魚。

香魚是千手忠輔於今天早上送至晴明宅邸的。

自中午起，晴明和博雅便以香魚佐酒小酌。

「晴明啊……」

博雅端起酒杯欲送至唇邊，卻中途停住，開口道。

「怎麼了，博雅？」

「現在正叫得熱熱鬧鬧的蟬，那聲音，似乎也會讓人油然生起憐愛之心……」

「你怎麼了？突然提到這種事……」

「前些日子，我聽露子姬說，蟬在土中要生活好幾年才能爬出地面，爬出後，竟然只能活十天左右……」

「唔。」

「在這十天內，牠們要戀愛、生子，然後死去……想到這點，我就覺

得，蟬現在雖然叫得那麼吵，但令人憐愛……」

「只要想到那些蟬或許是自己的父母，免不了會心生憐愛吧。」

博雅聽到晴明這句話，將酒杯送至脣邊的手再度停頓。

「你說什麼？」博雅望著晴明。

「你何必那麼吃驚？凡是入佛門的人，或多或少不是都有這種觀念嗎……」

「話雖如此……」

「只要想到牠們或許是自己的父母，那麼無論是馬或狗，都會加以疼愛吧……」

「晴明啊，你說的是心覺上人的事嗎……」

「嗯。」

「聽說他最近又鬧事了……」

「似乎如此。」

博雅聽晴明說著，總算喝乾杯中的酒。

博雅將酒杯自脣邊移開，抬起臉時，晴明正在仰望天空飄動的浮雲。

「晴明，怎麼了？」

「沒什麼，只是有點擔憂心覺上人。」

「擔憂什麼？」

「心覺上人的名字本來叫賀茂保胤……」

「嗯。」

「是我師傅賀茂忠行大人之子，也是保憲大人的胞兄。」

「你說什麼……」博雅提高聲音。

「世人都認爲心覺上人是保憲大人的弟弟，其實他是保憲大人的哥哥。」

二

在此先描述一下晴明此刻所說的賀茂保胤這位人物。

之前在此系列故事中提過，晴明的陰陽道師傅是陰陽博士賀茂忠行。

晴明說，賀茂保憲是忠行的兒子，而保憲的哥哥是前述的保胤。

這位保胤是秀逸之才。

非常聰明。

曾師事文章博士菅原文時[2]，成爲文章得業生[3]，自己也在宮廷任職文章博士。然而，有一天，他突然起了向佛之心，皈依佛門，落髮出家。

法名爲心覺。

由於本性老實，成爲僧人時，他經常自問：所謂僧人，到底是何種存在？身爲僧人，在這世上到底要做些什麼事才算可貴？

他自律行爲，清心寡慾度日，誦讀經典——這些都是理所當然之事，也是僧人活在這世上的基本教條。但除此之外，僧人又到底該做些什麼？

心覺得出的結論是修功德。

能給別人帶來好處的行爲，能給別人帶來幸福的行爲——這才是僧人應採取的行動吧？

那麼，「諸功德中，何者爲最？」

在所有功德中，到底什麼事算第一呢？

對身邊的人行善——倘若身邊有窮人，即脫下自己的衣服給對方；倘若身邊有挨餓的人，即分送自己的食物給對方。自己只要擁有能維持生存的衣食便可。

但是，這些事在平常也辦得到，更已經在實踐了。何況這些善事只適用

2 八九九—九八一年，菅原道真的孫子，平安時代文豪。

3 平安時代的大學畢業生。

在碰巧遇見自己的人身上。
即便分送衣食給這些人，也不過是一時的功德而已，過不了多久，人們大概又會陷於忍飢挨餓的處境中。
那麼，自己該做的是不是普及佛教教義呢？
於是，這位老實人最終得出以下結論：自己能做的第一功德是建造佛堂、製作佛像。
自己的生命有限。
總有一天將離開這個人世。
然而，佛堂和佛像在自己死後仍可以留在人間，直至未來，也可以引導人們走向佛教之道。
這正是心覺的道理。
可是，他沒有錢。
因此心覺決定行走諸國，向各方人士募款。
心覺在播磨國某河灘，看見幾個人圍著一名法師陰陽師，正在安設好的祭壇前施行祓邪法術。
所謂法師陰陽師，是打扮成僧侶的陰陽師，乍看之下和僧人毫無兩樣。

大致說來，陰陽師有三種類型。一是在宮廷工作的陰陽師，另一是在民間爲老百姓辦事的陰陽師，第三種則是以播磨爲據點的法師陰陽師。他們既非宮廷陰陽師，亦非一般陰陽師，而是僧人陰陽師。

這類法師陰陽師在進行祛邪儀式時，頭上通常會戴一頂紙糊帽子。這頂紙糊帽子通稱額烏帽或寶冠。額頭貼著一張三角形的紙，正如在死人額上貼的紙那般。

當時在河灘進行祛邪儀式的法師陰陽師，剛好頭上也戴著一頂紙糊帽子。

心覺見狀，當下奔往河灘，問對方：

「法師，您在此地到底在做何事呢？」

「此地的人屢遭不幸，在下正在祈禱祓戶神[4]保佑。」法師陰陽師答。

祓戶神是瀨織津比咩神[5]、速開津比咩神[6]、氣吹戶主神[7]、速佐須良比咩神[8]四神。

「可是，您頭上爲何戴那頂紙糊帽子？」

「祓戶神討厭法師，因此我們在進行祛邪儀式時，都要戴這頂紙糊帽子。」

---

4 守護祛邪場所的神祇。

5 女神，水神，端坐在山中急湍，能洗滌人類罪孽或禍害，隨急湍流至大海。

6 男神，水神，端坐在河口，能吞沒隨急湍流至河口的人類罪孽或禍害。

7 男神，端坐在地底國，能吹掉流至大海的人類罪孽或禍害。

8 女神，端坐在地底國，能消滅被氣吹戶主神吹掉的人類罪孽或禍害。

心覺聽後，冷不防一把揪住法師陰陽師的前襟，嚎啕痛哭起來。
不僅法師陰陽師本人，連聘請法師祛邪的在場數人，都嚇一大跳。
法師陰陽師一連疊聲地問：「怎麼回事？怎麼回事!?」請託祛邪的人們，也因事發突然，手足無措。
心覺撕破法師陰陽師戴的紙糊帽子，淚流滿面地大喊：
「您爲何在成爲佛門弟子後，竟然還以祈禱祓戶神接收人間苦惱爲由，不守如來戒規，戴上這頂紙糊帽子呢？這不是在製造無間地獄的罪業嗎？太可悲了！您乾脆殺死我吧！」
您乾脆殺死我吧——雖然心覺如此說，但法師陰陽師當然不能照辦。
「這位法師大人，您是不是瘋了？您說的很有道理，但有欠冷靜。」
法師陰陽師好不容易才扭下被揪住的前襟，愕然地望著心覺。
「我們無法光靠僧人的身分過活，所以才學了陰陽道，勉強掙得每天夠吃的食物。若不如此做，我們根本養不起妻子兒女。連自己能不能活下去都靠不住了，假若再要求我們別做這行，我們只有死路一條……」
法師陰陽師說的是實話。
「再說，我當初成爲僧人，也並非因爲起心向佛，打算修心煉身成爲聖

人。雖然我打扮成僧人模樣，但日常生活和俗人沒兩樣。我並非自願這麼做，是逼不得已的。」

對方說得有條有理，一般人聽後，大概會就此作罷，心覺卻不退讓。

「即便您說的都是事實，但無論如何也不能在三世諸佛的頭上戴上紙糊帽子呀！既然您說基於生活貧苦才不得不如此做，那麼這些都讓您拿走吧！」

據說，心覺將在這趟旅程中所得的各種布施，一件不留地全給了那名法師陰陽師。

某日——

六条院突然遣人來傳喚住在東山如意的心覺。

心覺向熟人借了一匹馬，騎馬出門，但遲遲未能抵達目的地。

一路上，馬若要撒尿，心覺就讓牠撒；馬若要拉屎，心覺也讓牠拉；馬若止步吃草，心覺便停止前進，讓馬吃個夠。

除非馬吃膩了，否則心覺不會繼續前進。他就待在原地讓馬盡情吃草。

有時牽馬小吏為了讓馬跑快一點，會拍打馬屁股。

「你怎麼可以這麼殘酷地對待馬？」

心覺便從馬背跳下，斥責小吏。

「你聽好，無論人也好，馬也好，幾乎所有活在這世上的生物都是經過生死輪迴而來的。這匹馬也是，牠在某個前世說不定正是你的父母。不，應該說，你父親或母親再度投胎來到這世上，這輩子成爲馬也說不定。或許他們在生爲人時，由於太寵愛你這個孩子，爲彌補他們犯下的執著之罪，所以這輩子投胎爲馬。若是如此，你剛才的行爲等於在拍打對你有大恩的雙親的屁股。」

「上人，您雖如此說，但我父母仍活在這世上。」

「我不是說今世的事。我是說，在這個生死輪迴的世界中，往昔曾是你父母的人，萬一今世變成這副模樣，你該怎麼辦？就算牠不是你父母，說不定在某個前世正是我父母。我一想到這點，總覺得很感激，每次騎牠時，都在內心對牠合掌，不勝惶恐地騎到牠背上。牠只不過在路邊吃草而已，你憑什麼打牠呢？」

心覺說後，又潸然淚下。

小吏雖不服氣，但在趕路途中和心覺辯解只會更浪費時間，萬一遲到，挨罵的是小吏自己。

「是，上人說的很有道理。我一時失去了理智。」

於是小吏只得溫順地俯首致歉。

「哎呀，實在很抱歉，實在太感謝了。」

心覺再對馬如此說，然後跨上馬背。

如此這般那般地繼續前行，走了一會兒，兩人發現路邊草叢中立著卒都婆。

心覺連忙從馬背跳下，解開下襬，換上讓家僮提著的法衣，拉正左右前襟後，跪坐在卒都婆前，不停禮拜。

每逢馬想吃草或在路上看見卒都婆時，心覺都會如此做，結果在卯時（上午六點）出發，申時（下午五點過後）才抵達距離並不遠的六条院。

另有一次，心覺住在一處名爲石藏的地方時——

他肚子著涼，導致腹瀉。

心覺來來回回進了好幾趟茅廁，住在隔壁僧房的僧人每次都聽到類似水潑在盆子裡的聲音。

「哎呀，這聲音太猛了。對方腹瀉得很嚴重，眞可憐……」

僧人內心如此想時，竟聽到茅廁中傳來聲音。

「對不起，請您原諒……」

心覺似乎在向某人致歉。

僧人覺得奇怪，難道茅廁裡還有別人？僧人從圍在茅廁四周的木板牆縫隙偷看，這才發現心覺面前有一隻老狗。

僧人大吃一驚，繼續偷看，心覺也繼續對狗說話。

「你在今世必須像這樣吃人從屁股擠出的髒東西，可能是前世因緣所致吧。」

心覺對狗如此說。

「我想，你在前世一定是個很貪婪的人，不但給別人吃了髒東西，還做了很多壞事吧。因此你在今世才會投胎爲動物，不得不吃別人的糞便。」

這時代的狗，慣常吃人排泄出來的糞便，只要有人進茅廁，狗也會跟著進茅廁，在當時是司空見慣的事。

「不過，你在很久很久之前的前世中，可能當過我的父親，也可能當過我的母親。正因爲如此，我才每天給你糞便吃，可是這幾天，我在拉肚子，無法讓你吃正常的糞便……」

心覺似乎是基於此，才向狗致歉。

「這樣實在太對不起你了。明天你不要吃我的糞便，我給你吃人吃的美食，讓你吃個痛快。你想吃多少就吃多少。」

心覺說到做到。

第二天——

住在隔壁房的僧人看到心覺煮了一鍋飯，還添了青菜和魚乾。

「來，飯做好了。你盡情吃吧。」

心覺把飯菜遞到老狗面前。

老狗狼吞虎嚥地吃起來。

「哦，好吃嗎？好吃嗎？太好了，太好了。」

心覺瞇著眼望著老狗。

結果，附近幾隻狗也挨過來，把老狗擠到一邊，吃起老狗的飯菜。其他狗大概也聞到飯香，接二連三過來，你爭我奪地吃起飯菜。

最後，牠們彼此狂吠、互咬起來，狗和狗互相齜牙咧嘴，連踢帶打，鬧得很厲害。

「喂，你們雖然命中注定今世投胎為狗，但你們別忘了自己在往昔也是人。這樣太丟臉了，太可恥了。你們為什麼非打架不可呢？為什麼不能好好分享飯菜呢……」

心覺拚命地說，但狗群不理他。

「喂，快住手！快住手！」

心覺邊哭邊勸，狗群卻益發狂吼亂叫。

狗群好不容易才安靜下來，卻並非聽進了心覺的勸說。

因爲飯菜已經被搶光了。

博雅所說心覺的「鬧事」，指的正是此事。

三

「晴明啊，你在擔憂心覺上人什麼事呢？」

博雅已將酒杯擱在窄廊上，視線移向晴明。

晴明望著庭院，看似在側耳傾聽蟬聲。

「有關這事，你去問保憲大人吧。」

「你是說，心覺上人的弟弟，賀茂保憲大人嗎……」

「是的。再說，這件事本來就是保憲大人託我做的。」
「可是，我怎麼問？保憲大人此刻不在這裡啊？」
晴明微笑著伸手抓起盤子上剩下的香魚。
「他在那兒。」
說畢，再朝著庭院拋出香魚。
之後——
繡球花叢沙沙作響，花叢後面跳出一隻小牛般大小的黑色動物，在半空中咬住香魚。
是隻大黑貓。
那隻貓喀喀地吃起香魚，不一會兒即整條吞下。
有名男子側身坐在貓背上。
「晴明，我來了。」男子說。
「我想你應該快到了……」晴明答。
男子賀茂保憲自貓背跳到草地上後，貓立即縮小身形。變小的貓順著保憲背部爬上左肩頭，坐穩後，微微叫著。
「嘶……」

雙眸發出金黃色亮光。

貓尾末端分岔成兩條。

正是保憲使役的式神貓又，名叫沙門。

「有酒啊……」

保憲喃喃自語，以優雅的步履走過來。

他在窄廊前止步，俯首道安。

「博雅大人，久違了……」

「你先上來吧。」晴明催促。

保憲登上窄廊，坐在晴明身旁。

席上已備好新酒杯，保憲端起酒杯說：「我不客氣了。」

蜜夜往酒杯內盛酒。

保憲輕盈地一口飲盡。

「好酒。晴明啊，上你這兒的好處，就是每次來都能喝到好酒……」

保憲吐出一大口氣。

空了的酒杯還未擱下，蜜夜便又爲保憲斟上酒。

保憲將盛滿酒的酒杯咚地擱在窄廊上。

「晴明，我來此的目的，信中都已說明了。這事不是我能插手的……」
「是要我出手嗎？」
「沒錯。」保憲點頭。
「保憲大人，雖然我聽不懂兩位在說什麼，但是不是和那位心覺上人有關呢……」博雅問。
「正是。」
「是什麼事呢？能不能請您詳細說明一下，好讓我也聽得懂你們到底在說什麼……」
「是。」保憲點頭道。
接著，保憲述說的詳情大致如下。

四

宮廷外圍有十二道門，其中有一道名爲達智門。
這道門位於宮廷東北方。
有個名叫梶原景清的人，某日欲前往嵯峨辦事，當天早上，他路過這道門時，聽到嬰兒哭聲。仔細一看，原來有名出生約莫十天的可愛男嬰，被丟棄在門下。

那男嬰裹著不算破舊的衣服，躺在草席上，怎麼看都不像身分低微的奴僕賤民家的孩子。

景清覺得那男嬰很可憐，卻因有急事在身，沒空理睬，於是視而不見地離去。

第二天早上——

景清在嵯峨辦完事，歸途再度路經達智門時，發現那男嬰依舊躺在原地，而且還活著。

京城有許多野狗，若在往常，這類棄嬰通常會在半夜被這些野狗咬死。

但眼前這名男嬰似乎逃過野狗之劫。

再仔細端詳，這男嬰不但沒在哭泣，臉色也很豐潤。

「怪了，這眞是不可思議。」

景清內心雖如此想，但他在嵯峨辦的事還有許多善後工作必須回家操持安排，因此又置之不理離去了。

但是，回到家辦了各種雜事後，他又惦記起那個男嬰。直至夜晚，那男

嬰始終在他的腦海中浮現，令他夜不安枕。

隔天早上，他前往達智門探看，想不到那男嬰竟然還活著。

「這眞是太不可思議了！」

爲何這男嬰能逃過野狗之劫活下來呢？

景清本來打算把嬰兒帶回家收養，這回則感到很好奇。

假若就這樣帶嬰兒回家，他將永遠無法得知嬰兒爲何能活著度過夜晚。

於是景清決定不帶嬰兒回家，打算等到夜晚，再躲在暗處觀看到底會發生什麼事。

當天夜晚，景清躲在一面坍塌的土牆後。

那晚有月光。

景清借著月光觀看了一會兒，男嬰四周果然聚集了很多野狗。

這樣不行啊——

景清握緊佩在腰上的長刀。

然而，不知怎麼回事，野狗雖聚集在男嬰四周，卻看似無意啃食男嬰。

夜更深了，月亮自中天西移時，出現了一隻不知來自何處的大白狗。

這隻白狗毫不猶豫地挨近男嬰。

景清暗忖，難道這白狗打算啃食男嬰？豈知，白狗竟在男嬰身旁躺下，宛若在寒冷夜晚為男嬰保溫似的，而且還讓男嬰吸吮自己的奶水。

景清恍然大悟。原來是這隻白狗每夜來餵奶水，所以男嬰才能活下來？白狗和男嬰看上去很親暱，雖然景清已經解開謎底，但他又不忍心為了帶男嬰回家而趕走狗，於是就此離開現場回家了。

第二天早上——

景清打算帶男嬰回家，再次前往達智門。抵達目的地時，景清大吃一驚。

本應還在原地的男嬰，竟然失蹤了。

門下只剩下一張男嬰躺過的草席。

五

「簡單說來，就是發生了上述這種事。」保憲對博雅說。

「可是，事情沒這麼簡單吧？否則保憲大人今晚怎麼會親自來這兒呢？」博雅問。

「是的。」

保憲點頭，望了一眼晴明，繼續說：

「有人自稱是這男嬰的家長。」

「是嗎？」

「梶原景清大人到處向人訴說這件怪事，結果出現一名男人自稱家長。」

那男人名叫平伊之，住在西京。

「那嬰兒是我往訪的一名女子生下的孩子，他出生後第八天，突然自家裡失蹤了。」

伊之如此說。

是遭遇了神隱[9]？或是被天狗奪走了？四處搜尋也找不到孩子的蹤跡。

女子在產後沒有恢復健康，加上失去孩子的心痛，於孩子失蹤後第三天即過世。

伊之不知該怎麼辦，因太過悲傷而一籌莫展，這時，他聽到梶原景清述說的事。

「一定是我的孩子。」

9 亦即「被神怪隱藏起來」，受其招待，或遭誘拐、強擄，從人類社會消失、行蹤不明。可能一去不回，也可能一段時間後又安全回到家中。

伊之遂出面認親，但眾人雖明白了男嬰的父親是伊之，但關鍵的男嬰本身卻不知去向。

而這時的景清，正以爲或許眞正的家長已經前來，帶孩子回去了。

於是眾人重新搜尋孩子的去向，結果找到了。

「孩子在哪裡？」博雅問保憲。

「在東山的石藏寺。」保憲答。

「石藏寺是……」

「孩子在我哥哥心覺的住處。」

那天夜晚，心覺恰好出門辦事，深夜路過達智門時，看到門下有隻大白狗正在給嬰兒餵奶。

心覺見狀，立即察知事態。

門下有棄嬰。

發現這棄嬰的白狗，雖然是隻野狗，但牠剛失去自己的孩子，很可能正在尋求代替品。

這白狗將人類的棄嬰當作自己的孩子，所以每夜都來餵奶吧？

也或許，給嬰兒餵奶的大白狗，前世是嬰兒的母親？

「我不知道事實如何，但我哥哥心覺似乎深信不疑。」保憲說。

看來，心覺當時抱起嬰兒後，就直接帶回石藏了。

白狗也跟著一起走，目前和嬰兒都住在心覺的僧房。

景清和伊之得知此事後，特地前往石藏，打算領回孩子，但不知爲何，白狗似乎不願意交出孩子，對伊之狂吠不已。

「這隻狗在前世或許曾當過這孩子的母親。既然牠不允許你們領回孩子，我就不能把孩子交給你們。」

心覺當時如此說，並拒絕交出孩子。

「這件事就轉到我頭上來了，晴明……」保憲說。

「保憲大人和心覺大人是兄弟。能不能麻煩您代我們說情，拜託心覺大人把孩子還給我……」

據說，梶原景清和伊之兩人來到保憲住處，伊之向保憲如此哭訴。

博雅聽完事情的來龍去脈，點頭道：

「原來如此，我總算明白了……」

「您要我幫什麼忙呢？」晴明問。

「梶原大人平日很關照我。我也很想幫他忙，可是，如果我插手了，恐怕會把事情弄僵。」

保憲用右手食指搔著頭答。

「把事情弄僵？」

「喂，晴明，你別裝蒜。你不是很清楚我和我哥哥之間關係如何嗎？」

「是……」

「我哥哥很討厭我和我父親。他似乎不喜歡陰陽師這職業。本來應該讓我哥哥繼承賀茂家的陰陽道，他卻當了文學博士，最終還成爲佛門子弟。爲了繼承賀茂家，我們只得對世人說，我是哥哥，他是弟弟。他出家並不是爲了故意氣我們，是出自眞心，所以反倒更難解決……」

「更難解決？」博雅問。

「他太耿直了。」保憲答。

他轉頭望向晴明，輕輕拍著自己的臉頰。

「晴明啊，你應該能理解吧。我們做的這行陰陽道工作，並非出自信仰。」

「是。」

「我們不對天祝告。」

「是。」

「我們只是念咒，有時會對不存在於這世上的『某者』下令，或拜託它們辦事，但我們不對天祝告。」

「確實不對天祝告。」

「不過，佛道是信仰。」

「是。」

「佛道要求神拜佛。」

「是。」

「成爲佛門子弟後，首要條件是信仰，而非才能。缺乏才能的人也能終其佛道。但是，我們陰陽道有時必須仰賴才能。陰陽師必須具有看得見『某者』或看透天地間道理的才能，有時，技能與法力強弱比信仰更重要……」

「是。」

「說極端點，佛道不需要才能。佛門子弟只須拄著一根名叫信仰的拐杖，即能終其佛道。」

「是。」

「然而，倘若歸根究柢，佛道和陰陽道都是同樣存在於咒之中的。」

「是。」

晴明只是點頭贊同。

「晴明啊，我哥哥他……看不見我或你平日能看見的『某者』……」

「……」

「不知上天下了什麼處方，我哥哥缺乏步上陰陽道之路的才能……」

「……」

「而且，我哥哥比其他人更深知這點。」

「是。」

「只是，在『耿直』這方面的才能，以及在『堅信某事』這方面的才能，他比任何人都強……」

「是。」

「晴明啊，可悲的是，我們須具備的才能不是信仰，而是懷疑。我們的才能是先懷疑物事的表面，再去追求物事內裡的眞實。」

「是……」

「我深深理解，我哥哥爲何不容許那些半吊子的陰陽師或僧人，晴明……」

保憲感慨地說。

「雖然我哥哥討厭陰陽師，不過，晴明啊，他很喜歡你。」

「啊？」

「我是說，這件事由你插手來管比較能完滿解決，晴明……」

保憲望著晴明。

酒杯內已盛滿重新倒入的酒。

「這下我總算安心了，晴明……」

晴明還未答話，保憲便先伸手端起杯子。

「讓你包辦，我就安心了。」

保憲津津有味地飲盡杯中酒。

「唔，事情就是如此，博雅。」晴明苦笑道。

「什麼意思？」

「我們必須去一趟。」

「去哪裡？」

「那還用說，去心覺大人的住處。」

「石藏寺？」

「嗯。」

「可、可是……」

「你不去嗎？」

「唔，唔……」

「走。」

「走。」

事情就這麼決定了。

六

兩天後，晴明和博雅一起前往東山石藏寺。

陽光從樹枝隙間射下，蟬聲如上千萬的小石子在光線中不停降落，兩人穿過小徑，前方可見心覺的僧房。

院子樹蔭下有一隻白狗，樹蔭對面的外廊上坐著一位半老僧人，僧人懷中抱著個看似出生尚未足月的嬰兒。

白狗先察覺晴明和博雅，接著，老僧——心覺也察覺到晴明。

「哦，晴明，你來了……」

心覺抱著嬰兒說。

嬰兒在心覺懷中呼呼睡得很香。

「好久不見了。」晴明俯首致意，再介紹博雅，「這位是源博雅大人……」

「我聽說您是吹笛名家。」心覺站起，說道。

心覺抱著嬰兒挨近晴明。

「這是上天賜予的寶物，怎樣？很可愛吧？」

心覺說此話時，嬰兒張開雙眼。

黑色的大眼睛仰望著晴明。眼眸表面映著綠樹林梢。

嬰兒望著晴明笑起來。

「確實很可愛。」晴明道。

「是吧，是吧。」

心覺「嗯」、「嗯」地連連點頭。

「我很疼愛這孩子，非常非常疼愛。」

還未說完整句話，心覺突然跳起來。

「哎喲，撒尿了，撒尿了。」心覺歡喜地道。

心覺讓嬰兒躺在外廊上，舔了舔被尿沾濕的手指，接著爲嬰兒處理大小便。

這其間，他不停對嬰兒說話。

「哦，太可愛了，太可愛了……」

處理完畢後，嬰兒哭了起來。

「哇，這回哭起來了。怎麼了？肚子餓了嗎……」

這時，本來在樹蔭下的白狗已經來到眾人身旁，抬頭望著心覺懷中的嬰兒。

心覺用眼神示意，白狗即跳上外廊。

剛好是屋簷下的背陰處。

把嬰兒擱在白狗身邊，嬰兒即主動吸吮白狗的奶水。

心覺瞇著眼望著此光景，問晴明：

「晴明啊，是不是保憲託你來的？」

「是。」晴明老實地點頭。

「保憲那小子，有時也會做些漂亮事……」

「……」

「幸好是你。如果是別人，事情恐怕會拖得更久。」

心覺仰望上空，用指尖抹了一下眼角。

「我啊，眞的很羨慕很羨慕保憲那小子，非常羨慕。爲了擺脫這種心境，我這輩子都過得很慌忙……」

晴明只是默不作聲地站在心覺一旁。

「這回多虧了保憲，我才能見到久違不見的你……」

「我也很懷念您。」

「你帶走吧，晴明……」

心覺低語，視線自上空移至地面。

「啊？」

「你帶走這孩子吧。你來得正是時候。我本來打算在今天給這孩子取名。我這麼疼愛這孩子，萬一再取了名，大概會更捨不得這孩子離去。」

「我可以帶走嗎？」

「比起前世的父母，今生的父母不是更重要嗎？」

心覺的雙眼掉落大粒淚珠。

「看到你時，我便下定決心了。你來這裡，不正表示當事人託梶原大人去拜託保憲，保憲再拜託你來解決這事嗎？保憲爲了我，顧全得如此周到，光這點就令我心滿意足了……」

「……」

「晴明啊，坦白說，其實我也不清楚事實到底如何。我不但看不見白狗在前世是否眞是孩子的母親，也不知道答案。只是，去相信這世上的所有生物都是由這樣的關係一以貫之……並仰賴這點，是我佛門弟子之道。可是，孩子明明有今生的父母，我不能以前世的父母爲由，硬讓親子生離……」

「是……」

「不過，有一件事令我不滿。」

「什麼事？」

「那個名叫平伊之的男人來這兒時，這隻狗對他狂吠。只有這件事令我很在意。」

「關於這點……」

「你說吧。」

「我想讓心覺大人見某人。我花了兩天才尋到對方，所以拖延到今日才

來拜訪。」

「是誰？」

晴明回頭拍了兩次手掌，喚道：

「蜜蟲，帶到這兒來……」

晴明背後的樹蔭下，出現了一名被蜜蟲拉著袖子的女子。

正在給孩子餵奶水的白狗，揚起頭，高興得吠叫。

被蜜蟲拉著手的女子來到心覺面前，止步後，輕輕俯首致意。

女子雙手頂著一件薄衣，蓋住臉龐，但從其舉止動作，可以看出她並非尋常女子。身上的衣服也是不適合在泥土地上行走的夏季十二單衣，風中更飄蕩著衣服的薰香。

「我是那孩子的母親。」女子說：「這回眞是勞煩您照顧了……」

女子聲音低沉，卻充滿誠意。

「您是……」心覺問。

晴明在心覺耳邊悄聲說了幾句。

「什麼？是左大臣藤原……」

心覺還未說畢，晴明立即插口：

「不能說出那名字。要是把事情弄得更麻煩，就不好解決了……」

「唔……」心覺點頭：「既然如此，那個名叫平伊之的男人，到底是誰……」

「是曾經在我宅子裡做事的家僕。」女子答：「因爲他闖出幾件禍事，我辭退了他，沒想到竟會發生這種事……」

「這種事？」

「他拐走剛出生的孩子，打算敲詐我們。」

「意思是：那位貴人往訪妳的住處，妳生了孩子，但有個曾在妳家做事的下人拐走那孩子，打算利用孩子向你們勒索錢財嗎……」

「是。」

「那隻狗呢？」

「是我宅子飼養的狗，名叫金剛。自孩子失蹤那天起，牠也一起失蹤了，沒想到牠竟從伊之手中奪回孩子，並給孩子餵奶，代我哺育，我眞的對牠感激不盡。」

女子說畢，在薄衣內抹去掉落的眼淚。

女子命自宅邸一起前來的隨從在山下待命後，單獨一人下了牛車，之後

隨著蜜蟲一級一級登上石階，好不容易才抵達此處。

「我一心一意想見孩子，並認爲應該親自向心覺大人致謝，才來到此地。」

女子如此說。

七

「哎呀，原來竟然有這種事……」

博雅坐在晴明宅邸窄廊上，說道。

兩人正在喝酒。

他們剛從石藏寺回來。

「不過，晴明啊，你怎麼知道平伊之有可疑之處？」

「保憲大人不是說過了嗎？我們陰陽師以懷疑爲首……」

「但是，光憑懷疑，就能知道那麼多嗎？」

「不，我也沒有把握。只是，我聽說那隻名叫金剛的白狗對伊之狂吠，這點令我感到可疑，所以派人去調查了伊之的事情……」

「結果查出伊之之前做事的宅邸，並得知那宅邸有個孩子剛出生，而且和飼養的狗一起失蹤的事嗎……」

「大致如此。」

「不過，心覺大人失去了疼愛萬分的孩子，此刻大概很寂寞吧。」

「嗯。」

「話說回來，就算狗和主人之間感情很好，狗竟會那樣哺育人類的孩子，也真令人意想不到。」

「說不定，那是事實。」

「什麼事？」

「那隻狗說不定在某個前世是那孩子的母親。」

「眞的有這種事……」

「我是說，說不定眞的有。至少……」

「至少什麼？」

「至少心覺大人如此相信吧。」晴明答。

「大概吧……」博雅點頭。

「他是個了不起的人。」

「我也這麼認爲。」

「我無法成爲聖人，博雅……」

「你不能成聖人嗎？」

「嗯，不能。對我來說，我絕對無法爲了某事而捨棄自我地活在這世上。」

「爲什麼？」

「因爲我想和你這樣一起喝酒，博雅……」

「你又在胡說八道了……」

博雅有點難爲情地啜了酒，轉頭望向庭院。

蟬在牠有限的性命期間，竭盡全力地叫囂著。

「這樣就好……」

晴明低語。

白蛇傳

一

京城東山長樂寺的僧人實惠，在寺內是著名人物。

並非實惠有過人之處，毋寧說原因正好相反。

若直截了當地說，可以形容他是個愚蠢的好人，不過光如此形容仍不足以充分表述這位人物。這樣說漏掉了實惠這位僧人最重要的部分。

他確實記性不好。

今年五十七歲，先不說大部頭的《法華經》，連其他短篇幅的經典，他也無法背誦。甚至連《般若心經》也念得結結巴巴。

據說他在七歲左右就出家，當了五十年的僧人竟得出如此結果，確實令人搖頭。

做事情也很慢。

一般人花不了半天工夫便能做完的事，他通常要花一天以上才能完成。

進食一湯一菜時，既會灑湯汁，又會掉飯粒。他當然會撿拾掉落的飯粒吃，但灑了湯汁時，若是灑在餐盤上，他會吸吮餐盤；若是灑在衣袖上，他會吸吮衣袖。

他不擅長和別人說話，無法正確傳達自己的想法。愈是想傳達，便愈支支吾吾。因此，他和別人說話時，總是垂著臉。聲音也很小。

於是，他在寺內老是做些洗衣、打掃等工作，類似小和尚。

同齡或年紀比他小的和尚經常嘲笑他，有時也會罵他做事慢吞吞，儘管如此，實惠還算受大家喜愛。

因爲實惠具有一種品德。

他的品德算是一種很奇妙的風格。說他溫和或許不恰當，不過他確實從未埋怨過別人或對人發牢騷。無論在什麼情況下，他都不出口罵人，更不會在背後說別人壞話。

某天，實惠到山上摘取野花，打算供在佛前。

山下仍留有暑氣，山中卻已入秋。

龍膽零零落落地盛開，實惠摘著龍膽，漸次走進深山，不知不覺中竟迷了路。天色逐漸昏暗，實惠發現一棵大樟樹，決定在樹下過夜。

到了夜晚，山中氣溫急劇下降，幸好還未冷得令人無法忍受。比起寒冷，挨餓更難受。不過，這也還撐得住。

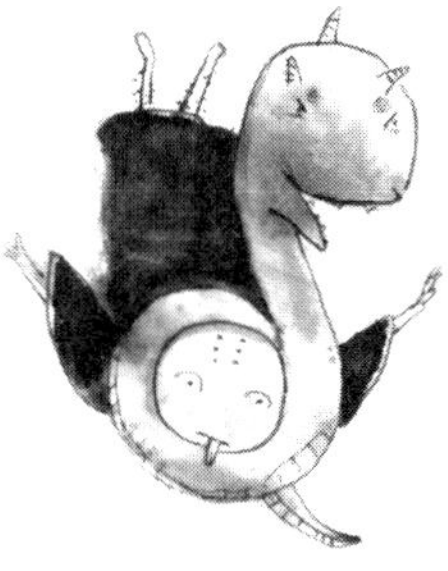

實惠背靠樹幹迷迷糊糊地入睡，亥時（夜晚十點）左右，他聽到遠處傳來聲音。

那聲音很細微，原來是某人在念誦經文。

念的是《法華經》。

那人聲音高貴，整夜都在念誦經文。

實惠通宵未眠地聽著念經聲，本來掛在樹枝間的星子一顆顆消失，東方天空逐漸泛白。

然而，念誦《法華經》的聲音依舊不止。

實惠站起，步向聲音傳來的方向。

他在樹林中走著走著，來到一塊空地，看到一間腐朽的房子。

柱子已倒塌，屋頂也掉落了，四周更被叢生野草籠罩，但確實是間房子。

怪了，怎麼會有人住在這種房子，並在念誦《法華經》呢——

實惠暗忖。

可是，念誦《法華經》的聲音確實自此傳來，況且此時此刻那聲音也聽得到。

實惠撥開草叢，朝聲音方向繼續前行，之後看到草叢中有塊荊棘滿布、年久生苔的岩石。

這時，他依舊聽得到聲音。

本來以爲或許有仙人坐在岩石上念經，但岩石上當然沒有任何人。

眞是不可思議啊——

實惠伸手觸摸岩石，指尖感覺有點溫濕。

實惠大吃一驚收回手。

「哎呀！」

同時響起女子的叫聲。

念誦《法華經》的聲音已停止。

此時——

實惠眼前的岩石突然逐漸變高。

仔細一看，原來那不是岩石，而是一名身穿破爛衣服的尼姑——是女法師。

隨著女法師站起，纏在她身上的荊棘也依次斷裂。

對方不是普通的女法師。

是一位老婦。

看上去，年齡約莫六十五歲。

實惠和她視線相交。

「哇！」

女法師突然發出類似嬰兒的叫聲，轉身就跑。

「哇！」

「哇！」

叫聲逐漸遠去，眨眼間，女法師已消失在森林中，不見人影。

二

夏季即將結束。

吹來的風中，不時帶有秋天的氣息。

蟬聲一天比一天弱。

只要不走到陽光下，已經不會讓人感到任何暑氣。

晴明和博雅坐在屋簷下的窄廊上，在風中一派閒情逸致地喝酒。因爲陽光照不到屋簷下，風很舒服。

時辰剛過正午，明亮的陽光射在庭院。

庭院的野草叢中，秋季植物也增多了。

遠處有叢黃花敗醬[1]，近處盛開著龍膽和桔梗。龍膽昨天才剛開花。

蟬聲在這些花草上孤寂地響起。

杯中的酒若空了，蜜蟲會爲他們斟上。

晴明和博雅只是氣定神閒地將酒杯送至唇邊。

「晴明啊……」博雅微醺地開口。

「什麼事？博雅。」

晴明的紅唇微微含著酒味和笑容，望著博雅。

「最近我走在庭院時，經常會不小心踏到夏蟬的屍骸。」

「嗯。」

「前些天還叫得那麼響亮的蟬，今天就變成屍骸躺在地面……」

「這又怎麼了？」晴明問。

博雅沉默了一會兒，才低聲答：

「晴明，那樣就可以吧……」

---

1 學名*Patrinia scabiosaefolia*，日文名為「女郎花」（おみなえし：ominaeshi），忍冬科（Caprifoliaceae）多年生草本，秋天七草之一，中藥上多用於清熱解毒。

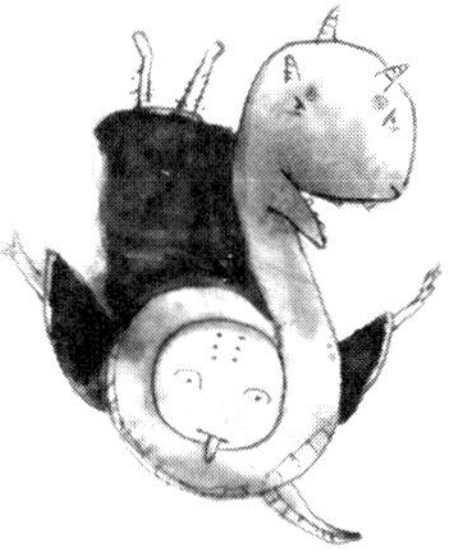

「『那樣』指的是什麼事？」

「生在這個世間，在有限的生涯中，一味地鳴叫，完成了某件事後，某天早晨，肉體沾著朝露躺在地面……我是說，這樣就可以吧，晴明……」

「博雅，你怎麼了？」

「什麼意思？」

「你今天似乎特別怪……」

「我有時也會有心事。」

「博雅，你是不是有了意中人？」

「喂，晴明，我說的明明不是這種事。你不要提這個。」

「博雅，你聲音變大了。」

「沒有變大。」

「你看！」

「你老是這樣嘲弄別人，這是你的壞習慣。我剛才是說，今天早晨看見蟬的屍骸，所以有點感慨，就這樣而已。你不要開我玩笑……」

「抱歉。」晴明道：「那麼，你到底在感慨什麼？」

「我眞正想說的是，人也應該在有限的生涯中，盡己所能地去鳴叫。可是，經你這麼一嘲弄，我覺得，雖然我說出我的感想，但心裡真正的想法不知該怎麼形容，反正就是我內心的真正感慨，竟消失得無影無蹤了……」

「哎，對不起，博雅，是我不好。」

「算了。」

「博雅，你不是在鬧彆扭吧？」

「這點小事，我鬧什麼彆扭？」

「那就好。我正打算要你陪我辦一件事。」

「什麼事？」

「長樂寺的念海僧都託我辦一件事。今晚，我必須前往東山長樂寺一趟。」

「對方託你辦什麼事？」

「事情是這樣的。」

晴明開始描述以下的事。

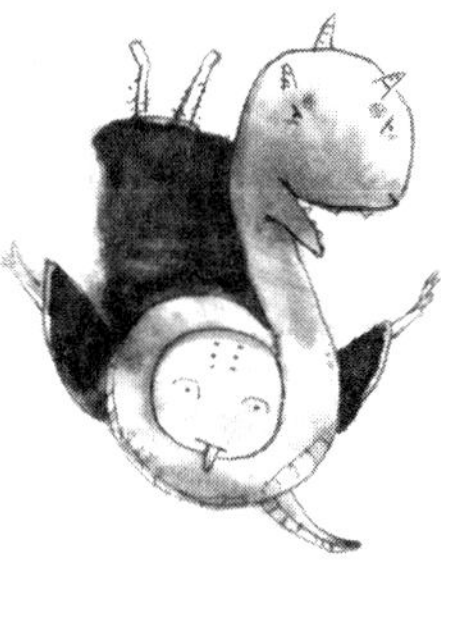

三

眾人都察覺最近的實惠有點怪。

他早上老是起不了床。

實惠在寺內角落搭了一間簡陋茅屋，獨自一人住在屋內。若是往常，每天早上他比任何人都早起，打掃完院子等處的落葉和小樹枝後，再去吃飯。

但是，這五天來，他每天都無法自己起床。

待其他僧人去叫他，他才勉強醒來，起床後，只見他臉色蒼白，面容憔悴。不但睡眼惺忪，腳步亦踉踉蹌蹌。

第二天比第一天嚴重，第四天比第三天嚴重，到了第五天，實惠更加消瘦，眼眶也凹陷了。別人對他說：

「你大概生病了，躺著吧。」

「我沒有生病。我很健康，請各位不用擔憂。」

實惠總是如此答。

「這裡頭一定有蹊蹺。」

於是有幾名僧人在天還未全亮時，點著燈火悄悄去偷窺實惠的草庵。
他們在外面微微拉開格子板牆[2]，把眼睛貼在縫隙偷看，只見屋內似乎有東西在蠕動。
本以爲是實惠在翻身，但實際上似乎不是如此。
唔唔唔……
唔唔唔……
屋內甚至傳出聽起來像是實惠發出的低沉呻吟聲。
僧人再將格子板牆往上拉開，騰出更大空隙後，繼而將手持的燈火伸進窗縫細瞧屋內。
啊！
偷窺的僧人暗叫一聲。他之所以沒出聲，是因爲他看到的光景實在太駭人了。
原來實惠全身纏著一條長約五尋[3]的大白蛇。那條大白蛇邊纏著實惠邊在蠕動。白蛇抬起頭，脖子彎如鐮刀，用蛇頭在實惠的額頭或臉頰蹭個不停。
白蛇有時會伸出青色舌頭，一閃一閃地舔著實惠的嘴脣。

---

2 原文為「蔀戸」，是一種格子牆窗，上端用金屬鉸鏈鎖在長押（なげし，日式建築中特有的細部裝修，是嵌在牆上的長條橫木，用來裝飾牆面，置於門楣上方及天花板下方）上，另一端可用鉤子吊起呈水平狀。

3 古代八尺為「一尋」。

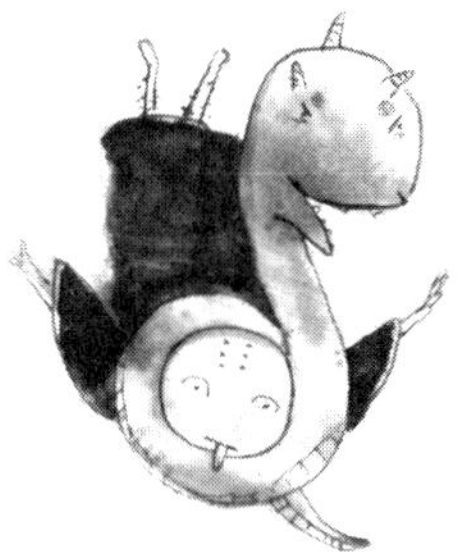

眾人再也看不下去，終於「哇」一聲大喊出來，往後跳開。

格子板牆「砰」一聲關上了。

眾人無法再偷窺屋內，也無法叫喚實惠。幾名僧人就趴在地上，勉強拖著哆哆嗦嗦的膝蓋，好不容易才逃回來。

直至清晨，都沒有人敢接近實惠的草庵。

當天早上，實惠很晚才起床。

「你沒事嗎？」其他僧人問。

「我精神很好。心情也很好。」實惠只如此答。

然而，他走路時，腳步明顯搖搖晃晃，看似隨時都可能倒下。

「我們不是在問你這個。難道你不知道昨晚發生了什麼事？」

「昨晚？什麼意思？」

看來實惠完全不記得昨晚自己身上所發生的事。

但是，總不能置之不理。

眾僧人不再對實惠多說什麼，而是去找僧都念海商討善後。

「這不是表示有不祥之物附在實惠身上嗎？聽你們的描述，我想，那個不祥之物大概每夜都前往實惠住處。何時開始發生的？」

「大約五、六天前，實惠到山上摘花迷了路，整夜都沒回來。第二天，實惠是平安回來了，但大概那時起他……」

「實惠說過，他在山中發現一塊怪岩石，結果那塊岩石突然化爲一名女法師逃走了。」

「您已經聽說那件事了？」

「可能正是那時發生了什麼事。」

「是。」

「實惠怎麼說呢？」

「他什麼都沒說。昨晚的事也沒說，我們問了他後，他反倒問我們到底發生了什麼事……」

「他完全沒有記憶？」

「完全沒有……」

「這件事不能不管。」

「我們該怎麼辦？」

「你們找個人，今晚去實惠住處監視，看看到底會發生什麼事。」

「可是，大家都嚇壞了，沒有人敢去。」

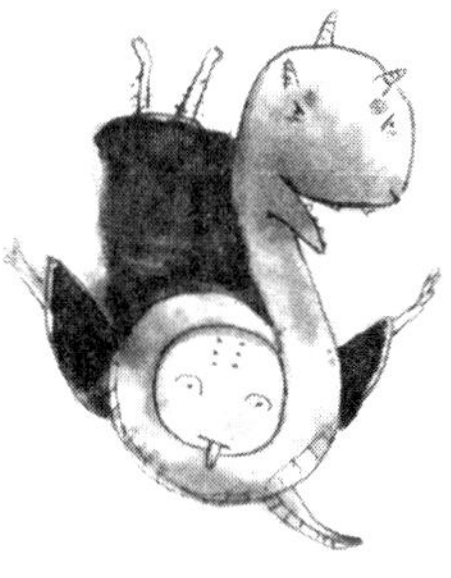

「既然如此，有位人物很適合。」

「是哪一位？」

「是住在土御門大路的安倍晴明大人。」

四

「事情大致如此，因此這件事就轉到我頭上來了，博雅。」

晴明講述完，端起酒杯送至脣邊。

「原來如此。」

博雅深感興趣地點頭。

「怎樣？你去嗎？」

「去哪裡？」

「去長樂寺。今晚我們去看看實惠大人身上到底發生什麼事。」

「唔，唔。」

「去嗎？」

「唔，嗯。」

「走。」

「走。」

事情就這麼決定了。

五

夜，彷彿會嘎吱作響般地加深。

實惠就寢的草庵角落豎立著一面幔帳，晴明和博雅坐在幔帳後。

晴明和博雅趁實惠入睡後，潛入草庵，豎起幔帳，晴明再誦咒於幔帳四周設下結界，兩人躲在其後。如此，妖物便看不見兩人。

燈臺上點著火光。

在搖曳的火光中，可見實惠仰躺的睡姿。

不知過了多久，上方傳來某物窸窸窣窣的爬行聲。

似乎是既粗又長的東西——

某物在屋頂爬行。

不久，吹來一陣含有腥臊味的風，繼而從柱子上垂下一條粗大東西。

是條大白蛇。

白蛇在半空揚起蛇頭，脖子彎如鐮刀，定睛俯視著實惠。

過一會兒，白蛇撲通落地。

是條長約五尋的大蛇。

那條大白蛇滑溜地爬到實惠身邊，彎脖揚起蛇頭，凝望著實惠一會兒，接著鑽進實惠的被褥中。

結果，本來睡得很熟的實惠竟發出叫聲。

「唔……唔……」

白蛇再度自被褥中伸出蛇頭，盤上實惠的頭。

明顯可以看出白蛇在被褥中不停蠕動著纏住實惠。

「啊唔唔唔……」

實惠發出叫聲。

不過，那叫聲聽起來不像因痛苦不堪而發出的呻吟。似乎在痛苦之餘，同時也在享受著某種快感。

被褥自實惠身上滑落地板。

這下可以清楚看見白蛇捲住實惠，正在滑溜地不停蠕動。

白蛇的頭部突然冒出頭髮。

仔細一看，蛇頭已經變成人頭。而且是女子。之後，蛇身又長出兩條手臂，那女子摟著實惠的頭正在吸吮實惠的嘴巴。

「晴、晴明……」

博雅情不自禁叫出聲。

瞬間，晴明以幔帳爲界設下的結界便失去效用。

蛇身人頭的女子回頭望向幔帳。

原來是個年約六十有餘的老婦。

「博雅，我們出去吧。」

晴明坐在原地，伸手挪開幔帳，現身後，再往前膝行。

「你們看到了……」

蛇身老婦開口。

「你們竟然看到我此刻的可恥模樣……」

白蛇說畢，消失蹤影，接著，出現一名用袖子遮住臉龐的女法師，坐在實惠枕邊。

「可恥啊，太可恥啊……」女法師呻吟般道。

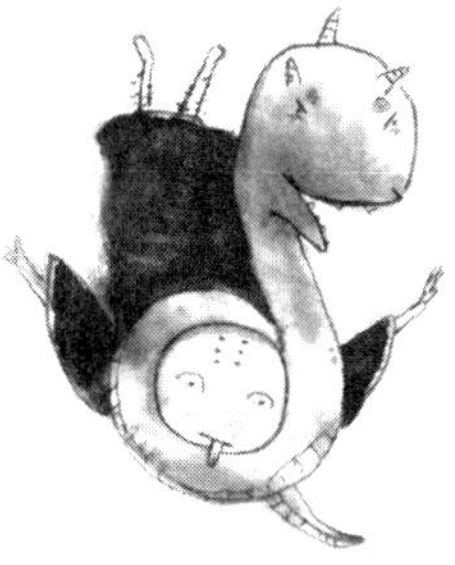

這時——

「唔，唔……」

實惠嘟囔著醒來，看到晴明、博雅以及女法師的身影。

「到底發生了什麼事……」實惠坐起身。

「我名叫安倍晴明，這回受念海僧都之託，前來此地。這位是源博雅大人……」晴明道。

「安倍晴明大人……是那位住在土御門大路的……」

「陰陽師。聽說有某物每夜都來造訪實惠大人，因此我們前來探個究竟。」

實惠的視線從晴明身上移至博雅，接著停在女法師身上。

「妳、妳是我在山中遇見的……誦念法華經的那位……」

「慚愧之至。」

實惠還未說完，女法師便將雙手貼在地板，嚎啕大哭起來。

晴明膝行至女法師面前，問道：

「請您說明緣由吧。」

六

我出生在西京，不知爲何，愛欲之心從小就很強，看到在交媾的狗或成對的鳥禽，甚至看到交尾的昆蟲時，體內便會湧出一股令我很難受的性慾。

這股性慾無可排解，我在二十歲時發心出家爲尼。可是，成爲尼姑後，我仍然無法消除愛欲之心。

二十五歲時，父母因時疫過世，此後，我在山上蓋了一間草庵，獨自一人每天念誦《法華經》。如此過了四十多年，我終於達到心如磐石的境界，不再爲任何情慾所動。

我以爲可以如此念誦經文直至往生極樂，不料在前幾天，實惠大人竟出現在我面前。

我看到實惠大人時，心亂如麻，身體被觸到那時，立即陷於比以往更強烈的愛欲中，當下恢復了本性。

我花了四十年，好不容易才達到無動於衷的境界，沒想到竟如此輕易就再度遭情慾所虐……

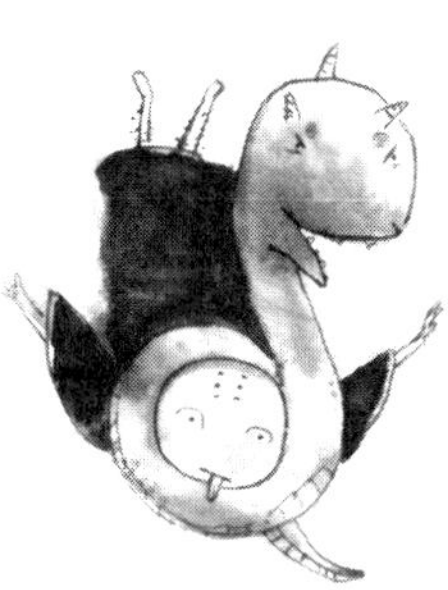

我餘生不多，沒法再花四十年歲月達到之前的境界。那麼，我至今爲止壓抑情慾活到今日的生涯，到底有何意義呢？

當我決心讓身心都陷於那把在我體內燃燒的情慾火焰中，至死都成爲愛欲之徒時，我的身體即變成蛇身。

因此我每夜、每夜都來找實惠大人，打算附在他身上咒死他，再和他一起下地獄，事情就發展成這種狀況。

七

女法師說完自己的身世。

「沒關係……」

實惠溫柔地接道。

「妳就按妳的意願去做吧。不，應該說，我希望妳這麼做……」

實惠面向年老的女法師，雙手合十。

「妳是來救我的吧。」

實惠雙眼微微泛出淚光。

「我以爲這輩子都無法遇見了。我以爲這世上沒有人需要我，死心認爲獨自一人過一生也好。不過，假若這世上有人需要我，我決定爲那人活下去。我認爲這才是侍奉佛。我生來笨手笨腳，任何事都做得比別人慢。可是，這樣的我竟然能夠爲妳而活，這不是令人極爲高興、極爲歡喜的事嗎？是妳救了我。我很感激，很感激……」

實惠合掌繼續道。

「明天起，請妳允許我爲妳去摘花……」

女法師聽了這番話後，雙手捂住臉龐，哇地大哭起來。

八

「晴明啊，原來這世上也有那種事……」

博雅說此話時，人已經在晴明宅邸的窄廊上。

兩人正在充滿閒情逸致地喝酒。

不久前，他們從長樂寺回來。

回來後，再度在窄廊上喝酒。

晴明和博雅離開長樂寺的同時，實惠也向念海告別，和女法師一起離開了長樂寺。

「打算去哪裡？」晴明問。

「我要去遇見她的那座山中。假如我們兩人能一起化爲蛇，我於願足矣。」實惠答。

就這樣，兩人離開了長樂寺。

博雅此刻似乎想起了當時兩人的背影。

蟬仍在叫，但此刻只聽得到兩隻蟬的叫聲。

晴明似乎在專心傾聽那兩隻蟬的叫聲。

過了好一會兒——

「博雅，實惠大人和女法師大人，他們兩人一起去鳴叫了……」

晴明說畢，抬頭仰望天空。

秋風中，白雲在飄動。

不言中納言

一

空氣冰涼。

在這冰涼的空氣中，仍隱約聞得到菊花香。

冬天的氣息一天比一天深濃，目前已是清晨庭院會降霜的時期，惟有那隱約可聞的菊花香，在空氣中留下秋日餘韻。

晴明和博雅坐在窄廊上喝酒。下酒菜是烤蘑菇。

太陽剛下山，四周暮色蒼茫。

式神蜜夜於方才點燃的火光，在燈臺上搖曳不定。

每逢兩人的酒杯空了，負責斟酒的是蜜蟲。

「晴明啊，眞是過得很快……」

博雅飲盡杯中酒，說。

「什麼意思？」

晴明背倚柱子，端起酒杯送至脣邊，問。

「我是說，時間過得很快……」

「是嗎？」
蜜蟲把酒倒入晴明和博雅的空酒杯。
「起初覺得夏天剛過，馬上迎來秋天，等注意到時，秋天也即將結束。俗話說，年紀愈大，時間會過得愈快，晴明啊，這句話眞是說的沒錯……」
「嗯。」
晴明點頭，伸手去端剛盛滿的酒杯。
「原本打算做這做那的，結果幾乎一事無成，秋天就過了，你看，今年不是快結束了嗎？晴明啊，人是不是就這樣逐漸老去，然後死去呢……」
「大概吧……」
晴明掀動紅脣低語，再將酒杯送至口邊。
「不過，即便如此，那也並非壞事……」
晴明啜下少許酒，再將杯子擱回托盤。
「什麼意思？」
「就像你說的，時間會移轉，人也會老去，正因爲如此，當人遇見自己喜愛的物事時，不是更會感慨萬千嗎……」
「你說的沒錯，晴明。所以人才會吟風詠月，陶醉於樂聲中，起身而舞

吧……」

「嗯，嗯……」

「大概也有人活得像此刻的菊花那般吧……」

「什麼意思？」

「我是指，在這種萬物皆移轉、百花皆枯萎的狀態中，不知在何處盛開，只隱約聞得其香……類似這種存在的人……」

「原來如此。」

「雖然我無法成爲菊花香，但說不定有可能成爲樂音。總有一天，人們會忘卻源博雅這個人，不知道這個人到底是誰，也不知道這個人死了或仍活著，然後有某個人，不知道作曲人是我，而演奏我的曲子……這樣應該就很好了吧……」

「這樣確實很像你的爲人。」

「晴明，你呢……」

「我嗎？」

「你比較想留名，或是比較想發財呢……」

「唔……很難說。」

「你不清楚嗎？」

「我只是依照我的本色，隨心所欲地活著而已。名聲或財富，都是之後擅自隨之而來的東西，宛如一場淺夢。來的話，我接受，不來也無妨，兩者都無可無不可……」

「是嗎……」

「博雅，我啊，只要能和你在一起喝酒，度過如此刻這般的時光……我就心滿意足了。人活在這世上會遇到各式各樣的事，但無論發生任何事，博雅啊，只要能擁有和你交杯換盞的時刻，我就十分滿足了。之後的事，之後再說……」

晴明一反常態地多嘴饒舌。

「晴明，你怎麼了？」

「我怎麼了？」

「今天的你，很反常。」

「反常？」

「你從來不說這種話的。」

「大概被菊香醺醉了。」

晴明到此住嘴，無言地望向已昏暗的庭院。

「對了，晴明……」

博雅朝著晴明的側臉，岔開話題。

「什麼事？博雅。」

「你聽人說過藤原忠常大人射中一頭黑色大野豬這事嗎？」

「唔，是半個月前發生的那件事嗎？在北山射中的吧？」

「嗯。」

博雅點頭，接著描述起來。

據說，北山出現了一頭大野豬。

每天夜晚，大野豬會下山糟蹋農作物，甚至會闖入屋內吃掉該戶人家儲存的魚乾或青菜。有時更會咬走熟睡中的嬰兒，吃進肚子。因是夜晚，沒有人曾經清楚看見大野豬，但根據曾瞥到一眼的人說，是頭全身長著黑毛的大野豬。

「既然如此，我去除掉吧……」

藤原忠常如此說。

忠常擅長射箭，至今爲止，只要他瞄準獵物，無論天空飛翔的鳥，或地面爬行的蟲，每一箭都能射中。
他本來就很喜歡行獵，獵得的野鹿或山豬更是不計其數。
忠常帶著三名負責驅趕鳥獸的隨從出了門。
夜晚——
一行人在據說那頭山豬經常出沒的村子裡等待，果然不出所料，起初先聽到樹林下的草叢傳出沙沙聲，繼而出現一頭犢子般大小的野獸。
黑暗中，野獸的雙眸閃閃發出紅光。
「出現了……」
忠常把箭搭在弦上，拉弓射出。
放出的箭射中了野獸。
瞬間——
「齁汪汪汪！」
野獸發出令人毛骨悚然的可怕叫聲。
刷！
刷！
隨後，那頭野獸再度衝進草叢，消失在樹林中。

之後，便不再有人看到那頭野獸出現在北山，因此村人都說，野獸可能中箭受了重傷，死在山中了。

「可是，聽說這三天來，忠常大人宅邸連續發生棘手難辨的事，不是嗎？」晴明道。

「正是啊，晴明。」

博雅說畢，咚一聲把空酒杯擱在托盤上。

「這三天來，忠常大人宅邸連續發生兩起家僕早上死在庭院裡的事件。」

每次都是早上才被人發現屍體躺在庭院裡，更可怕的是——

「鼻子、眼珠和臉上的肉都被吃得一乾二淨，連腦漿也被吃光，但其他部位都好好的。聽說頭部只剩頭髮和口中的舌頭。」

肢體其他部位完整無缺，只有頭部成爲骷髏。

爲何知道是被吃了——因爲兩具骷髏頭上都留有野獸的咬痕。

「爲什麼會這樣呢？這和忠常大人射中那頭野豬的事有關嗎……」

「很難說，博雅，目前還不知道兩者之間有無關係。」

「說的也是……」

「對了，有關基次大人在北山遭遇神隱那事，博雅，你聽說了什麼沒有？」

「晴明，如果你說的是中納言在原基次大人，那我聽說了。」

「你聽說了什麼？」

「大約在十天前吧，基次中納言大人不是到北山尋找藥草嗎……」

「是的。」

十天前——

在原基次帶著兩名隨從，到山上摘取可以當藥草的蘑菇。

至今爲止，因爲聽說北山會出現一頭大黑野豬，基次考慮到安全，一直沒上山。但後來又聽說藤原忠常用箭射中野豬，已經除害，因此基次便前往北山。

這季節，剛好可以在北山大量摘到一種名爲冠茸[1]的蘑菇，能治頭痛。由於盛產時節即將結束，基次慌慌忙忙出門上山。

這位基次——雖然身分是可以進出宮廷的中納言，但他對本草學深感興趣，經常親自去摘取藥草，再親手用藥碾子磨碎、摻和，或揉成藥丸，每逢自己生病時，總是自己開方配藥服用。

---

1 學名*Mitrula paludosa*，中文學名「濕生地杖菌」，「冠茸」為日文名，地舌菌科（Geoglossaceae），長於早夏至秋季。棍棒形真菌有閃閃發光的橙色頭部，白色蕈柄呈圓柱形。表面光滑，黃色菌肉水分多且柔軟。生長在苔蘚間或樹葉樹條上。

聽說他製的藥比藥師的處方更靈，而且接受了藥師平大成、平中成兩位大人的指導，醫術早已遠超過業餘愛好者了。有時還特地請假，親自上山摘取四季藥草。

一行人搭牛車抵達半途，之後，基次親自順著山徑上山。

包括兩名隨從，上山的人總計三名。

三人在樹林中走著走著，立即發現冠茸。

「喔，找到了。」

「您看，那邊也有。」

到處都是冠茸，三人忘我地忙著摘取。

等帶去的籠子都盛滿冠茸時，隨從才發覺基次失蹤了。

「基次大人！」

「中納言大人！」

兩名隨從拚命呼叫，尋遍了四周，仍找不著基次的身影。

最後，天終於黑了。

「或許基次大人先下山了。」

「嗯，是啊，大人一定先回去了。」

兩名隨從好不容易才下了山，抵達牛車停留處時，仍不見基次蹤影。
事情嚴重了。
第二天，宅邸的人雇了不少熟悉山裡的人，在那一帶的山谷或山脊搜尋，用盡所有方法找了三天，仍尋不到基次。
即便溪澗有水可以喝，但山中沒有食物，於是眾人都認爲基次可能已經死了，屍體被山中的野獸吃掉，所以找了三天後便停止搜尋。
然而——
第五天傍晚，基次竟然回到自己的宅邸。
基次精神很好，雖然看上去有點疲累，不過他沒有消瘦，而且面色豐潤。
「基次大人，我們都擔心得很。」
「太好了，平安無事……」
眾人紛紛如此說。
「別擔心，我很健康……」基次答。
可是，若有人問基次：
「您這幾天都在哪兒過的呢？」

「這幾天都在做什麼呢？」

基次對這些問題均不作答。

「反正我已經平安回來了，這樣不就行了？」

「我也莫名其妙。我在山中迷了路後，漫無目的地走著走著，走到我熟悉的地方，之後好不容易才回來。」

基次的說明完全沒頭沒腦。

即使他真的在山中徘徊了五天，也不可能如此有精神，但只要有人問及這點，基次總是答道：

「好了，不要再提這件事了。」

於是，宮中謠傳道：

「基次那傢伙，肯定是待在某個老相識的女人住處了吧。」

「大概和那個女人不歡而散，面子掛不住，所以才說不出到底待在哪裡吧。」

「或許，對方身分很高，基次才不能說出對方是誰。」

這類謠傳說得煞有介事。

然而，基次回來後，竟食慾不振，逐日消瘦下去。

臉色也日漸焦黃，有時會看似很痛苦地唉聲嘆氣。

若有人問他：

「您在失蹤的那五天期間，是不是發生了什麼事？」

基次也只是用袖子捂住嘴巴答：

「不，沒事。什麼都沒發生。」

這正是基次的事件。

二

「晴明啊，基次大人到底發生了什麼事？」博雅問。

「我也猜不出。」晴明答。

「自古以來，不是常出現絕對不能說出詳情，也不能告訴任何人的事嗎？晴明。」

「是嗎？」

「雖然不知是哪個時代，但你應該聽過，有個在大峰山修行的僧人去了酒泉鄉的故事……」

博雅開始描述。

僧人的名字沒被記載下來，但據說那名僧人某天在爬大峰山時，中途迷了路。

他在以前從未見過的深谷中走著走著，最後抵達某村落。

僧人打算前去敲門，詢問哪條路可通往高野或吉野，走著走著，竟然發現村中有一處湧泉。泉水噴湧不息，布置華麗，四周鋪滿石子，再仔細一看，噴出的泉水有點黃，而且很香。僧人立即伸手掬飲，喝了後，才發覺那是酒。

而且是美酒。

正當僧人又喝起來的時候：

「此處不是任何人能來的地方。」

他聽到聲音。

回頭一看，原來村民站在四周，正望著僧人。

「我迷路了。」僧人答。

一名村民站出來，牽起僧人的手。

「隨我來吧……」

僧人跟著村民進入一棟大房子。

房屋主人出來見客，看到僧人時，當下說：

「按慣例行事……」

僧人再度被人牽著手，帶到房子後。

由於村人非常用力地握著僧人的手，僧人暗忖：對方一定是不想讓自己逃走。

「你們打算殺我嗎？」僧人問。

「是的。有外人闖進這個村落時，爲了不讓對方回去後亂傳這裡的事，我們都按慣例殺死對方。」

村民緊握著僧人的手，如此答。

「我絕對不會向別人提起村落的事。你能不能饒我一命……」僧人邊哭邊乞求。

「好吧。我就當作已經殺死你，饒你一命。聽說殺了和尚，會被詛咒七世。但你絕對不能向任何人提起這村落的事。」

村民如此說，並指點僧人回去的路，之後放了僧人。

不料，僧人回到山下村莊後，竟到處向人說：

「我在山中發生了此等事。」

導致人人都得知該酒鄉的存在。

結果，十名年輕村人來向僧人說：

「你帶我們到那個村落去。」

「我要是去了，這回肯定會沒命。」僧人答。

「我們都是身懷功夫的人。哪有那麼容易就被殺死……」

年輕人腰上都佩著長刀，並手持弓箭。

「你帶我們去！」

眾人威脅僧人。

聽年輕人這麼說，僧人也動了心。

畢竟那兒有取之不盡的酒泉。只要得到酒泉，村人應該可以發財，過得很富足。

於是，僧人帶著年輕人進入大峰山。可是，十名年輕人和僧人均……

「他們都沒再回來，晴明……」博雅說：「其他類似的事不也有很多嗎？教人不許說出在當地的所見所聞，要是洩漏，那人一定沒有好下場……」

「確實有。」

「基次大人是不是也遭遇了類似的事，所以才緘口不言呢……」

「你對這事感興趣？」

「嗯，很感興趣。」

「那麼，等一下當事人會來這兒，到時候你親口問對方不就好了……」

「基次大人要來這兒？」

「嗯。」

「我完全不知道。」

「今天中午，基次大人遣人過來，傳話說，有事要和我商量，想見我一面。我們此刻吃的蘑菇，正是基次大人的使者那時帶來的……」

「什麼……」

「我已經回覆，基次大人來訪時，源博雅大人也在場，若不在意這點，請隨時大駕光臨。所以基次大人應該快到了……」

晴明說的沒錯，約莫半個時辰後，在原基次果然出現了。

三

「我眞不知該從何說起……」

基次在窄廊上坐下後，開口道。

他看上去極爲疲憊，臉頰也凹陷了。

「老實說，我仍在猶豫，不知該不該說出此事……」

基次無法抬臉正面望著晴明，垂著頭說話。

「只是，這件事已經不是我一個人的事了，因此我才親自前來。我想，這種事應該和晴明大人商討……不，應該說向晴明大人求救，才是最佳辦法。來此之前，我明明下定決心，打算說出一切，可是，一旦眞的來了，我反倒覺得更不安、更恐怖，或許口舌會不聽指揮，說得結結巴巴，但我仍願意說出一切。」

基次抹去額上流出的汗水，開始述說事情的來龍去脈。

四

那天——

基次確實摘了許多冠茸。

每摘下一棵，立即又發現另一棵，摘了另一棵，又馬上看到第三棵。

如此摘著摘著，不知不覺中，基次發現自己和隨從走散了，只剩自己一人。

到底該走哪條路才好呢？

山中樹林本來就沒有路。無論望向哪邊，看到的景色都相同，基次根本分辨不出自己到底來自哪個方向。

是這邊嗎？

還是那邊呢？

基次在樹林中轉來轉去，結果走到更深的山裡，完全手足無措。

不久，黃昏降臨，四周逐漸暗下來。萬一如此待到夜晚，很可能被野狼咬死。基次既不安又害怕，身心都即將耐不住時——

他看見火光。

朝著火光往前走，看到山中有一棟大房子。

基次暗中慶幸。

只要有房子，表示有人住，也可以問對方回去的路。而且，看情形，說不定可以借宿一夜。

「喂，喂……請問有人在嗎？我名叫在原基次，因在山中迷了路，不知該怎麼辦。請問能不能讓我借宿一夜呢……」

基次說畢，從屋內出現一名年約二十五、六歲的女子。

「哎喲，您是人類嗎……」

女子大吃一驚地問。

「我不是可疑怪物，我是普通人。」基次答。

「除非很特殊的情況，否則人類不可能來到此地。因爲我們這兒結下人類不能跨進的結界……」女子說。

女子很美。

明明在這種深山中，那女子身上竟穿著搭配典雅得體的十二單衣，而且不知薰了什麼香，衣服還傳出高雅香味。

只是，雙脣紅得看似染上鮮血。

即便在火光中，基次仍能看清對方的嘴脣。

基次簡單說明自己的狀況，接著向對方說：

「據說，沉迷於某事的人，本身會化爲草木、石子等大自然的一部分。我在摘取蘑菇時，眼中看不見其他物事，不知不覺中就化爲大自然的一部分。或許正因如此，我才能通過結界來到此地吧。」

「蘑菇？」

「是。我很喜歡配藥，這回也是爲了找藥草，在山中迷了路。」

「找藥草？」女子雙眼發光。

「是。」

「你現在身上有各種藥草嗎？」

「有。每次上山時，因爲不知會受什麼傷，我總是隨身帶著全套解毒、治傷之類的藥。」

「既然如此，我或許能救您一命。」

女子突然說出出人意表的話。

「救、救我一命？」

「來此地的人，都會被我家主人殺死並吃掉。不過，您身上若帶著靈藥，能爲我家主人療傷的話，說不定可以活著回去。」

「妳家主人是……」

「是我的丈夫，他前幾天在山中受了重傷。只要您爲他療傷，我會幫您說情，讓我丈夫饒了您一命。」

「拜託！拜託！」

基次合掌向女子乞求。

女子轉身進了裡屋，一會兒又出來。

「請您隨我來……」

基次跟在女子身後進了屋，但屋內毫無其他人的動靜。

不過，屋內昏暗處，不時傳出沙沙、嘎吱、刷刷等聲音，似乎有無數東西在移動。

女子手持燈火在前頭帶路，但愈進裡屋，四周便愈昏暗，這點確實很奇怪。而且，愈往前行，一股臭味就愈是撲鼻而來，那臭味逐漸濃重。

是野獸的氣味。

還伴隨一股令人難以忍受的血腥味。

前方有道帳幔，帳幔後鋪著床，看似有人躺在床上。
那人身上蓋著一條被子，被子高高鼓起，並能看見被子正在緩緩起伏著。
齁……
齁……
被子下發出不知是打鼾還是呻吟的聲音。
女子故意把火光擱在遠處，基次看不清床上的人到底長什麼樣子。
「郎君，我剛才說的那位基次大人來了。」
女子說畢，床上傳出嘶啞的聲音。
「是人……是人的味道……」
被子發出沙沙聲動起來。
「郎君，您不能吃掉這位大人。這位基次大人將爲您療傷。假如他治不好您的傷，到時候您再飽餐一頓，連他的骨頭都任您吃掉，明白了嗎……」
女子說畢，微微掀開被子。
因爲女子沒有掀開整條被子，基次只看得到一部分，不過隱約仍看到那人身體表面密密麻麻長著一層黑色獸毛。

再仔細一看，獸毛上插著一枝箭。

「這枝箭插進肉中，拔也拔不出，反倒令傷口更痛，所以只能保持原狀。」女子說。

基次握著箭往上拔，箭滑溜地拔出了。原來傷口已潰爛，肉已經失去咬合箭的韌力。

拔出箭後，傷口湧出大量發臭的膿汁。

基次吩咐女子準備了布條，再用布條擦拭膿汁，最後給傷口塗上名爲「忘痛膏」的藥膏。

接著，敷上新布條。

「只要每天重複如此做，便能逐漸止痛，傷口也會癒合。」基次說。

果然如基次所說那般。

第二天、第三天，傷口漸漸復原，到了第四天，傷口癒合了。

「多虧您的治療，傷口已經好多了。明天應該能讓您回去。」女子說。

當晚，基次入寢後，突然聽到聲響，於是睜開雙眼。

他在黑暗中側耳靜聽，遠處傳來咯吱咯吱的沉重腳步聲。

「我要吃，我要吃掉那男人……」

繼而傳來說話聲。

「不行。那位大人是您的救命恩人。」

這回傳來女子聲。

「先吃掉那男人，之後，我再去找把我射傷的藤原忠常那些人，一個個吃掉他們。」

「不行。您不是說過，只要他治好您的傷，您會饒他一命嗎？」

「可是，要是讓那小子回去，他大概會說出我們的事。到時候，人們很可能會前來打破結界，打算殺我。」

「我會好好對他說，他就不會……」

女子說後，基次又聽了一陣子「哞……呼……」之類從鼻子吸吐氣息的聲音，再過一會兒，鼻息音也消失了，接著傳來腳步聲逐漸遠去的咯吱聲。

直至早上，基次都無法安枕入睡，折騰一整夜，總算等到天明。

早上——

女子喚來基次，對基次說：

「我此刻就放您回去。我教您怎麼回去。但是，您回去後，請千萬不要提起這兒的事，也不要說出在這兒的所見所聞。」

「是、是。」

「倘若您失約，您必定會失去性命，明白了嗎……」

「我絕對不會失約。我絕對不會說出這兒的事。」

據說，基次保證了好幾次，才離開那棟房子。

五

「正因爲我跟對方做了約定，所以始終沒說出這件事。」

基次向晴明和博雅說。

「我想，那頭中箭受傷的野獸，確實是藤原忠常大人射中的那頭黑毛大野豬……」

「您今晚爲何對我說出此事呢？」晴明問。

「即便對方是怪獸，我也不能不守諾言。就算他至今爲止糟蹋了農作物，或吃掉孩子，只要他因受傷而改掉之前的惡行，那就再好不過了。況且，對方既然是野獸，就自該有野獸的法則吧？我不喜歡拿人類的法則套用在野獸身上……」

基次結結巴巴地說。

「忠常大人宅邸已經有兩名下人被咬死了，我今晚才來向您說出此事。一定是那頭野獸咬死的。到了這種地步，我不能只顧著保全自己的性命。可是對方是那種妖物，我想，大概只有晴明大人才能應付，因此我決定向晴明大人說出一切。我認爲，晴明大人應該有能力守護我和忠常大人……」

「原來如此，我明白了。」晴明點頭。

「唔……」博雅雙臂交叉抱胸。

這時——

「你說了……」

庭院暗處傳出低沉聲音。

「基次，你再三保證絕不說出，此刻竟然還是說了……」

轉頭一看，庭院裡邊暗處，有兩顆發出怪異亮光的紅點。

就在已快枯萎的黃花敗醬叢中。

「我回去後，會向主人報告，吃了忠常，下一個就是你……」

晴明起身。

「是誰？誰膽敢闖進我晴明宅邸？」

吱！

吱！

吱！

對方揚起一陣類似笑聲的尖叫。

呼！

兩顆紅圓點晃動著，接著是一條大小如貓的黑影奔出，眨眼間即躍上牆頭，消失於遠處。

「晴、晴明大人……」

基次發出僵硬的聲音。

「您不用擔心。我會竭盡全力試試看。」

晴明舉著燈火走下窄廊，來到庭院。

他走向方才發出紅光的那兩顆眼睛之處，望著該處，再走至黑影奔去的牆頭，舉高火光照看。

「蜜蟲，蜜夜……」晴明呼喚。

「在。」

「在。」

蜜蟲和蜜夜輕飄飄地出現在晴明身邊。

「準備紙筆……」晴明道。

「我要寫幾封信，妳們負責送信。」

晴明邊說邊走回窄廊。

「博雅大人，您願意和我一起去吧？」晴明問。

「去哪裡？」

「明天晚上，去忠常大人宅邸……」

「唔，唔。」

「您去嗎？」

「唔，嗯。」

「那麼，我們明晚出發。」

「走。」

「走。」

事情就這麼決定了。

六

「喂，晴明，事情到底變得怎麼樣了？」

博雅在黑暗中發問。

此處是藤原忠常大人宅邸裡屋——

晴明和博雅坐在一面豎起的帳幔後。

兩人在傍晚前來。

抵達宅邸，讓下人傳話後，忠常親自出來迎客。

「太好了，太好了，源博雅大人，晴明大人，我正在等您二位前來。我已經按照您信中所吩咐，全都準備妥當了。」忠常說。

「那麼，到時候，我會出聲暗示，請您按照計畫進行……」晴明道。

「明白了。」忠常點頭。

之後，晴明和博雅便被領到此刻兩人正坐著的帳幔後。

酒和下酒菜也都準備好了。

晴明和博雅躲在黑暗中，正在喝酒。

「博雅，再過一會兒，你自然會明白。」晴明說。
「晴明，我不要過一會兒才明白，我現在就想弄明白。」
「這樣就不好玩了。」
「那是過一會兒的問題吧？我現在感到很不好玩。我覺得，我此刻不好玩的心情，在你看來，好像很好玩，這點令我感到不舒服。」
「哎，這樣不是很好嗎？」
「不好！說起來，你今晚要對付的到底是什麼東西，你弄清楚了沒有？」
「大致。」
「你昨晚不是說，你不清楚嗎……」
「我昨晚確實不清楚，後來大致得出答案了。」
「後來？」
「昨晚不是有個怪東西躲在庭院嗎？」
「嗯。可是，那東西到底是什麼？平日的話，那類怪物絕對不可能闖進你的宅邸啊？」
「沒錯。」

「那昨晚爲何……」
「我估計可能會發生那種事，所以昨晚於事前解開了結界。」
「你故意解開結界？」
「嗯。基次大人來時，我就知道那東西也一起來到庭院了。」
「那你爲何……」
「爲了想查清我們將對付的對手到底是什麼東西。」
「結果你明白了？」
「大致。我剛才不是說過了……」
「你怎麼知道的？」
「我到庭院查看了那東西躲藏的那一帶。」
「什麼!?」
「地面和牆壁留有那傢伙的足跡，而且那傢伙躲藏的地方，長著黃花敗醬，枝葉上黏著毛……」
「黏著什麼毛？」博雅問。
「噓！」晴明制止博雅，道：「快來了。」
「什麼要來了？」

「牠們已經聚在一起了。」

「到底是什麼？」

「是牠們，你沒感覺嗎？」

博雅聽晴明如此說，在黑暗中睜大雙眼，側耳靜聽。

「我什麼都看不到，什麼都聽不見……」

博雅說畢，接著又說：

「不，好像有某種聲音……」

博雅縮著全身，打了個冷顫。

沙沙。

嘁嘁喳喳。

那聲音很低微。

說是聲音，不如說比較接近氣息。

黑暗中，有某種東西聚在一起。

不止三、四隻。也不止十、二十隻。

大概有數百、數千的東西，在黑暗中群聚起來。

晴明站起，大喊：

「可以行動了。」
瞬間，地板下傳出一陣喧嘩。
接著，
吱、吱、吱、吱、吱、
吱、吱、吱、吱、吱、
唧、唧、唧、唧、唧、
唧、唧、唧、唧、唧、
地板下齊聲響起聒噪聲。
「走。」
晴明走到窄廊上。
這時，有幾枝點燃的火把自屋頂掉落到庭院。
火把掉在地面，仍在燃燒。
「這、這是什麼!?」
博雅倒吸了一口氣。
地板下爬出數百、數千隻老鼠，一隻接著一隻爬向庭院。
庭院大門已敞開，老鼠接二連三逃出大門。

忠常和其他家僕站在屋頂上，瞄準逃竄的老鼠一一射出箭矢。
地板下又不斷傳出好幾隻貓的叫聲。
過一會兒，地板下爬出兩隻特別大的老鼠。
「就是那個！別讓牠逃走！快射！快射！」
屋頂上傳來忠常的喊聲。
雖然眾人接連不斷射箭，但那兩隻大老鼠仍勉強逃走了。

七

基次在前帶路，晴明和博雅隨後，三人走在樹林內。
一行人後面又跟著忠常和一群手持弓箭、腰佩長刀的男人。
「原來如此……」博雅道：「你從對方留下的毛和足跡，判斷出對方的眞面目，所以才請忠常大人準備了貓……」
「博雅大人，正是如此……」
晴明邊走邊答。
原來宅邸的家僕們聽到晴明的喊聲後，立即一起將事前準備好的二十隻

貓拋進地板下。

同時，屋頂上的人也自屋頂拋下火把，借火把的亮光從屋頂向老鼠射箭。

「本來以為是黑毛大野豬，其實是大老鼠的化身。」

「您說的沒錯。」

因四周有其他人，晴明對博雅說話的口氣比平常客氣。

這時——

「我記得，應該是這裡……」基次駐足道。

眾人身在山上斜坡的樹林中。

「是那裡吧？」

眾人順著晴明所指的方向望去，果然看到一個人類可以彎身鑽進的洞窟。

「不過，這不是房子……」基次問。

「我想，基次大人記憶中的房子，應該就是那洞窟……」

「眞的？」

「是。」

晴明點燃火把，率先鑽進洞窟。

有幾隻大小如貓的老鼠從晴明一行人腳邊竄過，逃出洞窟。

再繼續往深處走，可以看到地面滾落著無法數計的人骨和骷髏，一隻身上中了好幾箭的大公鼠躺在中央，已經斷氣了。

屍骸一旁，坐著一名身穿唐衣的女子，睜著兩顆紅眼睛，正望著晴明和基次。

「你這傢伙，我不甘心！那時果然應該吃掉你……」

女子以低沉的聲音，徐徐地說。

「我救了你一條命，你也答應不透露，可是你竟然向眾人說了……」

「是的，對不起。我不知該怎麼向妳賠罪……」

「算了，算了。是我太蠢，竟然信了人類說的話……」

女子說畢，往前倒下。

基次奔過去，打算扶起女子，女子卻伸出白皙的手，一把握住基次的手。

「哇！」

基次大叫出來，女子鬆開白皙的手，手便咕咚落地。

「活該！」

女子露出白色尖牙笑道。

接著閉上紅眼睛。

身穿唐衣的巨大母鼠，背部也中了四枝箭，氣絕身亡了。

後記

——櫻花正在飄落。

櫻花總算開始飄落了。

原以爲今年的櫻花會和往年一樣的時間開，或者比往年早開，不料，寒冷日子連綿，櫻花比預測的日期更晚開。

今年沒有認眞地賞過櫻花。

並非因地震而自愼。實在是繁瑣事接二連三，除了解決那些繁瑣事外，我每天都在趕稿。

趕稿期間，季節在窗外流逝。櫻花開了又飄落。

每年早春，我總是下定決心要好好觀賞該年的四季，但實際上，大半以上的時間都無法心想事成。

不過，今年的我，似乎多少也有好運降臨，我打算珍惜這好運。

因此，我本來預計把渾身都出了毛病的肉體也好好維修一下，可惜我連這點時間也抽不出。

老實說，今年春天，我舉辦了一場久違的陶藝展。

「十年過後仍是業餘陶藝展」

三月至四月之間，我在小田原一家名爲「器皿・油菜花」的藝廊，舉辦了一場陶藝展，爲期十天，展示並販賣我和四名同好至今爲止邊玩邊製作的陶器。

雖然金額不多，但扣掉活動結束時的慶功酒宴費，餘下所得打算全數捐給東北關東大地震的受災者。

但是，我打算捐給紅十字以外的團體。

在此不寫理由。

啊，對了。

另有一件事必須寫出。

今年正月，我已經滿六十歲了。

總覺得怪怪的，好像上了別人的當。

不過，年齡完全不成問題。

儘管健忘症逐年加重，肉體當然也逐年衰退，但隨著年齡而變得老成或通情達理之類的，我一件也沒養成。

我深知自己蠢到什麼程度，也深知自己到底有多無知，有多無用。

原來這就是六十歲——

請大家安心。

因爲，即便滿六十歲，我和你都有的，自覺到的自身問題與缺點，也永遠都改不過來。

二〇一一年四月十三日於小田原

夢枕獏

夢枕獏公式網站「蓬萊宮」網址：http://www.digiadv.co.jp/baku/

導讀

咒的神祕與混沌的浪漫

——夢枕獏的陰陽師

文／李衣雲

夢枕獏最初開啓安倍晴明的「陰陽師」系列是在一九八八年。一九九三年時，《陰陽師》改編成漫畫，執筆繪的是向來以奇詭幻化的筆法聞名的岡野玲子。一九九五年，相距七年後的第二冊《陰陽師—飛天卷》終於再度現身，此後大約每二年就會有一本新作出版，中間還穿插了三本由夢枕獏與畫家村上豊合作的繪本小說。二〇一二年再由新生代插繪家睦月ムンク接手新一代的《陰陽師》漫畫。

安倍晴明乃至陰陽術師之於日本大眾文化，就像巫師與奇幻世界之於西方文學一樣，一直是帶著神祕魅力的想像源頭，許多作品都借用了這位生長於優雅的平安時代、被譽爲日本史上陰陽術天才的男子。而在這段傳奇演變的過程中，安倍晴明本身也開始逐漸被神格化，從一七三五年的人形淨琉璃與歌舞伎劇作的《蘆屋道滿大內鑑》開始，安倍晴明被塑造爲白狐「葛の葉」與人類的孩子，他眞正成爲了「天才＝天生的才能者」，半人半妖的血統給晴明更帶上了一層出世的色彩，相對於他所師從的賀茂忠行、保憲父子，他既在體制內具有官名、卻又某種程度無視權力羈束，而相對於強大的民間陰陽師蘆屋道滿，他又是穿著白衣、坐在迴廊上飲酒、宛如女子般美貌的貴公子。

這樣的形象在夢枕獏的小說中婉轉地浮現了出來，並創造了作爲晴明半身的角色：源博雅。同時，安倍晴明不只是一個角色，也是一個代表了祕術天才的象徵，同樣在一九八八年，永久保貴一的漫畫《變幻退魔夜行》系列登場，作品中操縱著安倍家的五芒星的天才現代陰陽師劍持司，即被設定爲安倍的後世子孫。一九九〇年時，岩崎陽子的漫畫《王都妖奇譚》更爲安倍晴明具象化了他的形象：象徵脫逸的白色長髮、筆挺的平安朝白色「狩衣」——這個造型後來成爲眾多漫畫所共通的設定之一。同樣的，岩崎陽子也給了晴明一個靈魂的半身：藤原將之。與源博雅相同，藤原將之也是一個耿直坦率的貴族。

雖然描述陰陽師的故事有那麼許多，但夢枕獏的小說無疑是二〇〇〇年前後的「晴明熱」最重要的推手。他筆下優雅卻又毒舌、難以捉摸的安倍晴明，與有著武將的耿直、卻又有著纖細音樂靈魂的源博雅，搭檔著解決平安京內的妖異與人心事件，形塑了一個舊古卻又讓人憧憬的世界。

在古都平安京，那是一個人與妖還混居、人對自然與世界尚懷著敬意的時代，「奇幻」之所以「怪奇」，並不是因爲它不應存在，而僅因爲它是異於人類的存在，非日常的神聖或妖魔仍存在於日常中，是另一種日常，而人與非人間關係的開端，往往源自於人心的意念，愛欲、惡意、恐懼、甚至信仰，都可能是異類的養分。或者可以說，夢枕獏筆下混沌的平安時代，沒有「應該」與「不應該」的分類，妖與魔也尚未被污名化，他們仍被承認是這個世界的住民——這種想法在今市子的《百鬼夜行抄》中，亦有異曲同工之處。

這樣的混沌即是「陰陽師」的畫布，讓夢枕獏能在上面盡情揮灑他的意境。

是的，夢枕獏的小說特色之一，即是他筆下的意境。日本文化特殊的「間藝術」，強調留白與氣氛的感受，讓讀者能在文字的空隙間停下腳步，品味著在字語背後的情境，而夢枕獏淡而悠遠的文筆，更充分體現了這一點。更甚者，奇幻的混沌，讓他的想像意境更加含著文學的趣味，像是〈恬念道人〉中對負責爲月亮引路的月驅道人失落了月亮的敘述：

> 原來月亮卡在院子的梅樹頂端高枝上，無法動彈。
> 「所以博雅就爬上梅樹取下了月亮。」晴明道。
>
> ——〈恬念道人〉

夢枕獏對混沌的憧憬與想像，也在這一本書中流露於偶爾的筆觸之間：

> 如果定睛望著那東西，想看出到底是什麼時，輪廓反倒顯得模糊不清，分辨不出到底是蝴蝶還是其他東西。愈是想定睛細看，那東西的形狀便愈模

糊，形成一團軟乎乎的物體。

但如果放棄定睛細看的心思望去，那東西又看起來像隻蝴蝶了。

——〈迢迢千里至唐國〉

對夢枕獏來說，混沌彷彿只能直觀、無以名之，人與人、人與妖、人與自然均只存乎一心。從這裡來看，「陰陽師」似乎是一個直觀感受的世界。

但是，眞是如此嗎？如果一切只以直觀感受，那麼，博雅就不會經常感到對人世的困惑，甚至，陰陽師也無須／無法存在。因此，在「陰陽師」的混沌背景之中，陰陽師本身成爲了一個吊詭的存在。

在歷史中原本負責訂定天文曆法、占卜吉凶的國家官員陰陽師，在華麗光怪的平安朝中，擔負著另一種作用：爲混沌命名。這是夢枕獏的「陰陽師」系列中非常重要的支點。所謂的陰陽師，即是在混沌中將事物分類、喚之以名的人，以晴明時代的浪漫語彙來說，這就是下咒。這整個系列的故事，就如同福爾摩斯與華生、杉下右京與龜山薰（日本刑事推理電視劇《相棒》中的兩位刑警搭檔）一般，透過晴明向以直覺看待世界的博雅說明的方式，故事的背景概念——陰陽道——逐漸滲進了讀者的心裡。

在〈犬聖〉中，賀茂保憲對晴明道出陰陽師的本質：

「我們只是念咒，有時會對不存在於這世上的『某者』下令，或拜託它們辦事，但我們不對天祝告。」

「然而，倘若歸根究柢，佛道和陰陽道都是同樣存在於咒之中的。」

「晴明啊，可悲的是，我們須具備的才能不是信仰，而是懷疑。」

——〈犬聖〉

保憲的嘆息洩漏了陰陽師的惘然：他們永遠不能信仰，因爲他們的天命就是在混沌中尋找道理，當他們開始信仰一個「眞理」時，就再也無法理解「混沌」的多彩多姿，信仰是「心」、而懷疑是「理」，這彷彿是西方理性與感性辯證的再現。陰陽師們雖然相信著萬物有靈，卻又必須站在一旁觀察、爲所有的事物命名。在那個時代，沒有名字，則一切都溶於混沌，名字＝符咒將事物定形，在混沌中爲它圈出一個形體，如同晴明曾對博雅解釋的，當他呼喚「博雅」而博雅回應時，符咒就成立了，博雅被「博雅」這個名字給束縛住，於是，命名者就有了召喚乃至命令的力量。式神如「蜜蟲」，或是十二神將，就因此受到晴明的支配。

從這裡可以看到夢枕獏小說中的糾葛：那是一個注重優雅、形式、感受、音樂的時代，一個容納人與非人的世界，但同時，生存於其中的陰陽師們卻又必須不斷地懷疑他們所處的世界、跳出他們的感受，才能用清明的眼睛去觀察、為世界分類。

這種存在的矛盾不斷以各種形式出現在「陰陽師」中。雖然小說中安倍晴明一直冷眼看世人，彷彿抽身在朝廷人世之外，但事實上他仍然被人類世界的蛛網層層包裏，在跳脫世俗這一點上，晴明尚不如他最強的敵手蘆屋道滿。雖然他對貴族的委託並不有求必應、甚至嗤笑規範，但身為陰陽寮的一員，他依然遵循著朝廷的規制與天皇的命令；他所居之處花木自然宛如廢園，但所在之處卻是為平安京鎮住鬼門方位；他一方面在事象中追尋著眞理，一方面又不斷懷疑著一切。

對於這樣從不停止思緒的腦袋，一個暫時休止的避風港即是必要的。因此，作者賜給了晴明一個博雅，博雅看世界的眼光是直白而實際的，但同時也纖細而富人情，有如莊子所說的大巧不工，單看他在〈夜光杯之女〉中用無私的心超渡了唐明皇、楊貴妃，就能體會他那種以無為而無不為的正直。他與晴明的交往只是因為二人相投，他對晴明的所求，也僅僅是在其他人情的壓力下，傳達他們求助的邀約，或許可以說，他是連繫著晴明與人世正面情感的橋梁。正是這樣對極的存在，使得晴明與博雅之間的往來蘊含溫情。面對一切都攤在臉上的博雅，晴明不需要算計、思慮，可以終於放開他腦中迴旋纏繞的思緒，此時此刻對晴明來說，是一種平凡卻難得的幸福。在〈不言中納言〉中，晴明向博雅坦言告白：

「博雅，我啊，只要能和你在一起喝酒，度過如此刻這般的時光……我就心滿意足了。人活在這世上會遇到各式各樣的事，但無論發生任何事，博雅啊，只要能擁有和你交杯換盞的時刻，我就十分滿足了。之後的事，之後再說……」

——〈不言中納言〉

這種人世間獨一連繫的關係，也成爲之後「晴明熱」中動人的萌點所在。

二〇〇〇年前後，「陰陽師」系列小說在日本捲起了「晴明熱」，不僅是位於晴明舊宅的晴明神社成爲觀光勝地，甚至陰陽術與安倍血脈的土御門家，都成爲各式文本的熱門題材。尤其在電影找來帶著玩味嘲諷風格的狂言師野村萬齋飾演安倍晴明後，美貌而中性的形象更成爲晴明的象徵——即使在《少年陰陽師》中，安倍晴明是以祖父的角色出現，但仍不時會「幻化」爲年輕時代翩翩佳公子的樣貌，服務讀者。

這股熱潮也延燒到漫畫與大眾小說。身爲狐之子、站在人與非人的交界，擁有非凡才能的晴明，既受到人們的憧憬與依賴，卻也是恐懼與疏遠的對象，在這樣的目光中成長的晴明，對人類的感情既遠且近，他既是旁觀的異人，卻又像飛蛾撲火般受到人類的吸引。千百名讀者讀到了千百種莎士比亞，夢枕獏筆下清明的晴明，在諸多漫畫文本中有了無數的變幻的形象，他曾有青春期的迷惘、亦有前世今生的糾葛，他並不始終清濯在上，也不總是看透人心。而他與賀茂保憲、蘆屋道滿等人間亦敵亦友的關係，也更具有情感上的刻畫。二〇〇二年起學習研究社出版的一系列合輯的「陰陽師繪卷」（臺北：東立），或是豬川朱門繪的《晴明》（臺北：東立）、荒俣宏的「陰陽師鬼談」系列、結城光流的《少年陰陽師》（臺北：皇冠）與《我、天命を覆す　陰陽師・安倍晴明》、九条友淀的《幼年期安倍晴明異聞　未明の獣》、眞崎春望的「安倍晴明」系列中，都能看到這樣有血肉的晴明。

不變的，是安倍晴明的美貌，以及他身邊那個或許不叫源博雅，但總是直率地看著他的眼睛的港灣。

「走吧。」

「走吧。」

看著博雅與晴明間每回必定出現的對話，我會心一笑。

★李衣雲　政治大學台灣史研究所副教授。興趣是看小說、漫畫、連續劇、當貓奴。二〇一二年九月出了兩本新書：研究漫畫的入門書《讀漫畫》（群學出版），和進階級的《變形、象徵與符號化的系譜：漫畫的文化研究》（稻鄉出版）。

作者介紹

夢枕獏（YUMEMAKURA Baku）

日本SF作家俱樂部會員、日本文藝家協會會員。生於神奈川縣小田原市，東海大學文學部日本文學系畢業。嗜好是釣魚，特別熱愛釣香魚。也熱中泛舟、登山等等戶外活動。此外，還喜歡看格鬥技比賽、漫畫，喜愛攝影、傳統藝能（如歌舞伎）的欣賞。

夢枕先生曾自述，最初使用「夢枕獏」這個筆名，始自於高中時寫同人誌風的作品。「獏」這個字，正是中文的「貘」，指的是那種吃掉惡夢的怪獸。夢枕先生因爲「想要想出夢一般的故事」，而取了這個筆名。

年表：

一九五一年——一月一日生於神奈川縣小田原市。

一九七三年——東海大學日本文學系畢業。

一九七五年——到海外登山旅行，初訪尼泊爾。

一九七七年——在筒井康隆主辦的SF同人雜誌《NEO NULL》、及柴野拓美

	主辦的《宇宙塵》上發表作品。在《NEO NULL》上發表的〈蛙之死〉受到業界人士注意，同作轉至SF專門商業出版雜誌《奇想天外》刊登而成爲出道作。之後在《奇想天外》發表中篇小說〈巨人傳〉，而正式開始作家之路。
一九七九年	在集英社文庫Cobalt推出第一本單行本《彈貓的歐爾歐拉涅爺爺》。
一九八一年	在雙葉社推出第一次的單行本新書《幻獸變化》。
一九八二年	在朝日Sonorama文庫推出Chimera系列第一部《幻獸少年Chimera》。
一九八四年	在祥傳社Non-Novel書系發表的「狩獵魔獸」系列三部曲成爲暢銷作。
一九八六年	循《西遊記》裡的旅途前往中國大陸作取材之旅，從長安到吐魯番。「陰陽師」系列開始連載。
一九八七年	繼續西遊記行程。下半年與野田知祐一同在加拿大的育空河泛舟。
一九八八年	第三次踏上西遊記的旅程，到天山的穆素爾嶺。文藝春秋社出版《陰陽師》。

一九八九年	以《吃掉上弦月的獅子》奪得第十屆日本SF大獎。
一九九〇年	《吃掉上弦月的獅子》獲頒星雲賞平成元年度日本長篇獎。
一九九三年	十月爲坂東玉三郎所寫的〈三國傳來玄象譚〉在東京歌舞伎座「藝術祭十月大歌舞伎」上演。
一九九四年	出任日本SF作家俱樂部會長。岡野玲子改編的漫畫作品《陰陽師》出版。
一九九五年	小說《空手道上班族班練馬分部》由NHK拍成電視劇，由奧田瑛二主演。在東京神保町的畫廊舉辦照片展「聖琉璃之山」（亦有同名攝影集）。文藝春秋社出版《陰陽師─飛天卷》。
一九九六年	爲坂東玉三郎作詞的〈楊貴妃〉在歌舞伎座上演。爲NHK BS臺的「釣魚紀行」錄影赴挪威。十月起在NHK總合臺「大人的遊樂時間」擔任常任主持人。爲電視節目「世界謎題紀行」錄影赴澳洲。
一九九七年	文藝春秋社出版《陰陽師─付喪神卷》。
一九九八年	於中央公論新社出版《平成講釋─安倍晴明傳》。
一九九九年	《陰陽師─生成姬》於朝日新聞晚報開始連載。
二〇〇〇年	文藝春秋社出版《陰陽師─鳳凰卷》。

二〇〇一年　四月，NHK製作、放映《陰陽師》，由SMAP成員之一的稻垣吾郎主演。六月，岡野玲子的漫畫版出版至第十冊。十月，電影「陰陽師」上映。由知名狂言家野村萬齋飾演主角「安倍晴明」，眞田廣之、小泉今日子等人共同主演。文藝春秋社出版《陰陽師—晴明取瘤》。

二〇〇三年　電影「陰陽師II」於十月上映。文藝春秋社出版《陰陽師—太極卷》。

二〇〇六年　首度來台參加台北國際書展，掀起夢枕旋風。

二〇〇七年　改編同名作品的電影「大帝之劍」由堤幸彥導演、阿部寬主演，於四月在日本上映。七月文藝春秋社出版《陰陽師—夜光杯卷》。年底配合首本繁體中文版《陰陽師》繪本《三角鐵環》來台舉辦簽書會，再度掀起《陰陽師》的閱讀熱潮。

二〇〇八年　雙葉社出版《東天的獅子》系列。

二〇一〇年　文藝春秋社出版《陰陽師—天鼓卷》。角川書店出版與天野喜孝、叶松谷共同合作的《楊貴妃的晚餐》。

二〇一一年　以《大江戶釣客傳》獲得第三十九屆泉鏡花文學獎、第五屆舟橋聖一文學獎。改編《陰陽師》的漫畫家岡野玲子訪台。同年傳出陳凱歌將與日本電影公司合作《沙門空海》的電影拍攝作業。文藝春秋社出版《陰陽師—醍醐卷》。

二〇一二年　以《大江戶釣客傳》獲得第四十六屆吉川英治文學獎。十月文藝春秋社出版《陰陽師—醉月卷》。適逢《陰陽師》出版二十五週年，文藝春秋社也同步出版《陰陽師完全解析手冊》。

二〇一三年　八月參加ＮＨＫ總合台的柳家權太樓的演藝圖鑑節目播出。九月在東京歌舞伎座上演《陰陽師—瀧夜叉姬》，創下全公演滿座紀錄。十月小學館出版長篇小說《大江戶恐龍傳》系列。

二〇一四年　文藝春秋社出版《陰陽師—蒼猴卷》、《陰陽師—螢火卷》，後者出版後獲得十一月網路票選「二十歲男性閱讀的時代小說」第二名。

二〇一五年　曾獲第十一屆柴田鍊三郎獎的小說《眾神的山嶺》，將由導演平山秀行翻拍成電影，阿部寬與岡田准一主演，三月前往尼泊爾山區取景，將於二〇一六年於日本全國院線上映。暌違十二年《陰陽師》再度影像化，夏季將在朝日電視台播出同名ＳＰ電視劇，由歌舞伎演員市川染五郎主演。

二〇一七年　作家生涯四十週年，榮獲菊池寬獎及日本推理大賞。

陰陽師・第十四部　醍醐卷／夢枕獏著；茂呂美耶譯
—二版.—新北市：木馬文化事業股份有限公司出版：
遠足文化事業股份有限公司發行，2019.04
272面；14×20公分.—（繆思系列）
ISBN 978-986-359-659-2（平裝）
861.57　　108004058

繆思系列

陰陽師〔第十四部〕醍醐卷

作　　者　夢枕獏（Baku Yumemakura）　封面繪圖　村上豐
譯　　者　茂呂美耶

副 社 長　陳瀅如
總 編 輯　戴偉傑
編　　輯　王凱林
行銷企劃　李逸文・廖祿存
特約編輯　連秋香
封面設計　蔡惠如
美術編輯　蔡惠如
內文排版　綠貝殼資訊有限公司

出　　版　木馬文化事業股份有限公司
發　　行　遠足文化事業股份有限公司（讀書共和國出版集團）
231新北市新店區民權路108-3號8樓
電話 02-22181417　傳真 02-22180727
E-Mail service@bookrep.com.tw
郵撥帳號 19588272木馬文化事業股份有限公司
客服專線 0800221029
法律顧問　華洋法律事務所　蘇文生律師
印　　刷　成陽印刷股份有限公司
二版一刷　2019年4月
二版二刷　2024年2月
定　　價　320元
I S B N　9789863596592